KB148714

존재의 언어로,
부딪침과 느낌과 직감으로

사람학 개론을 읽는 시간

때로는 사람이 피는 것이다.

수필과비평사

누군가의 곁에 있었고

누군가의 곁에 있으며

또 언젠가 누군가의 곁에 있을 사람들에게

내 속에서 솟아 나오려는 것

바로 그것을 나는 살아보려고 했다.

왜 그것이 그토록

어려웠을까.

– 헤르만 헤세 『데미안』

다른 사람들의 이야기에 만족하지 말라.
다른 사람들이 어떻게 했든 너 자신의 신화를 펼쳐라.
복잡하게 설명하려 하지 말고
누구나 그 여정을 이해할 수 있도록
너에게 모든 것이 열려 있으니, 걸음을 옮겨라.
두 다리가 지쳐 무거워지면
너의 날개가 자라나 너를 들어올리는 순간이 올 것이니.

– 잘랄루딘 루미

작가의 말

세상의 모든 '첫'에게

'첫'이란 단어에는 기억이 존재할 리 없습니다. 첫 발자국, 첫 만남, 첫사랑, 첫 작품…. 어떤 정해진 길도 없는 곳에서 '첫'은 태어납니다. 그러하기에 '첫'은 날 것의 시행착오가 만들어내는 혼돈과 길들지 않는 야성의 설렘이 공존합니다. '첫'은 모든 것의 처음이며 자신만의 원형질입니다. '첫'은 자신으로부터 나온 길이고 자신의 내면을 향해 가는 길이기도 합니다.

'첫'을 찾기 위한 혼돈의 시간을 거쳐 왔습니다. 어떤 '첫'은 나답지 않았고 어떤 '첫'은 자기 과시와 위선이 또 어떤 '첫'에는 과장된 슬픔이 또 어떤 '첫'에는 과도한 욕심이 들어 있었기에 그 어떠한 '첫'도 진정한 '첫'이 될 수 없었습니다.

'첫'인 척하는 '첫'들을 내려놓고 나다운 '첫'을 찾아 나섰습니다. 적당한 욕망과 적당한 의지, 드러나지 않는 것들에 대한 적당한 관심, 길들여진 감정들이 뒤섞인 스투디움(studium)을 지나 어느 날 문득 어디선가 날아와 가슴에 박힌 뜨거운 화살과도 같은 푼크툼(punctum)을 거쳐 오직 나만의 '첫'을 만날 수 있었습니다.

사람의 어원은 '흙'이란 뜻의 라틴어 'Humus'에서 유래하였다고 합니다. 흙의 온기를 지닌 사람들, 자기 안의 습도를 간직하는 사람들에 대한 것들이 나의 '첫'이 되어야 한다고 생각했습니다. 어쩌면 사람은 누구나 누군가에게 '첫'이었던 흔적들을 품고 살아가는지 모릅니다. 밤새 내린 눈 위로 첫발을 딛던 날, 눈 위에 찍힌 명징한 표정처럼 '첫'의 기억들은 때론 부서질 듯 강렬하고 때론 찬란하게 슬프고 때론 고통스럽게 아름답습니다. 사람이기에 겪는 모든 것들 희망, 사랑, 슬픔, 허기와 결핍, 시메르를 지는 고통, 절규, 기다림, 존재와 부재, 욕망, 태어날 때의 울음을 기억하는 일, 분노, 고독, 익숙함과 낯섦 등을 '첫' 안에 담아두었습니다.

그렇게 모아둔 '첫'들이 모여 『사람학 개론을 읽는 시간』으로 태어났습니다. 세상의 그 어떤 것보다 중요한 일은 사람을 알아가는 일이고 사람다움의 습도와 온기를 지켜가는 일입니다. 저마다의 원을 넓혀 서로의 경계를 보듬고 숲에서 들려오는 희망의 북소리를 찾아 부단히 걷다 보면 어느 순간 자기 안의 꿈들이 뭉쳐 꽃으로 피어날 것입니다. 회색 빌딩 숲, 틈과 틈 사이 우리가 알지 못하는 세상 어딘가에서도 사람들이 일제히 꽃으로 피어나고 있습니다. 세상은 거룩한 봄의 화관입니다. 뭉클거리며 피어나는 세상의 모든 것들은 아직 못다한 꿈들의 '첫'입니다.

『사람학 개론을 읽는 시간』은 사람과 사람, 존재에 대한 고민에서 시작된 책으로 미술 전문 에세이는 아닙니다. 메시지를 전달하는 효과적인 방법의 하나로 명화를 인용하였지만 명화 이야기보다 더 중요한 것은 스스로를 견뎌내어 마침내 피어나는 '사람'에 대한 이야기입니다. 세부적으로는 존재의 의미 찾기, 존재의 자국들, 존재와 타인, 존재의 변주곡 4부분으로 구성되어 있습니다. 삶의 길목에서 마주친 수많은 '첫'들이 모인 『사람학 개론을 읽는 시간』이 세상 누군가의 마음에 가닿기를 바라며 누군가의 마음안에서 잊혀버린 온기와 습도를 불러올 수 있다면 더없이 좋겠습니다.

'첫'을 모으면서 '작가作家'에 대해 생각해 보았습니다. 단순히 쓰는 사람이 아닌 집을 짓는 사람, 흙과 돌과 나무와 철근을 모아 집을 짓는 사람이 아니라 생각들을 모아 언어의 집을 짓는 사람이라는 것에 생각이 미칩니다. 끝없이 자판을 두드리던 불면의 시간들이 만들어낸 '첫'들이 집 짓기의 재료입니다. 생각들을 부수고 허물고 다시 세워가는 일, 그 생각들을 붙잡아 끊임없이 쓰는 일이 집 짓기의 기본입니다. '첫'들이 모여 집의 기둥이 되고 지붕이 되기까지 얼마나 많은 시간이 필요할지 아직은 알지 못합니다. 세상에 완벽한 집이란 존재하지 않기 때문이며 적당히 지어진 집이란 집이라 부를 수 없기 때문입니다.

쓴 커피를 마시며 무언가를 끝없이 쓰면서 내 안의 나를 다 써버리고 싶었습니다. 적당히 쓴맛이란 있을 수 없듯 적당히 쓴 글 또한 있을 수 없습니다. '첫'이란 단어에는 '적당히'란 단어를 붙일 수 없습니다. 적당한 '첫'이란 어쩌면 '첫'에 대한 모독인지도 모릅니다. 그러하기에 『사람학 개론을 읽는 시간』이 나를 다 써버린 첫 흔적이면서 또한 이 책을 읽는 당신의 가슴에 아주 작은 그러나 아주 깊은 첫 흔적이었으면 합니다. 그리하여 '첫'에도 기억이 존재할 수 있다면 더없이 행복하겠습니다. 누군가 가만히 '첫'에 어울리는 이름을 불러준다면 나의 '첫'에도 두 번째의 설렘이 내려앉을 것입니다.

삶은 짧지만 하나의 강렬한 축제입니다.

이천이십이 번째 여름

당신의 '첫' 려원

차례

제 1 부

존재의 의미 찾기

우리 안의 불꽃이 스스로 춤을 추게 하는 일

제 2 부

존재의 자국들

그리움과 충만한 허무, 순수함이 머무는 곳

제 3 부

존재와 타인

베일을 벗지 못하는 사람들

제 4 부

존재의 변주곡

때로는 사람이 피는 것이다

제 1 부

존재의 의미 찾기

우리 안의 불꽃이
스스로 춤을 추게 하는 일

춤추라, 아무도 바라보고 있지 않은 것처럼
사랑하라, 한 번도 상처받지 않은 것처럼
노래하라, 아무도 듣고 있지 않은 것처럼
일하라, 돈이 필요하지 않은 것처럼
살라, 오늘이 마지막 날인 것처럼

— **알프레드 디 수자**
「사랑하라, 한 번도 상처받지 않은 것처럼」

씨즐SIZZLE스러움

숨을 헐떡이며 뛰어다녔다.

내 것과 내 것이 아닌 것들, 불안과 안도 사이를,

– 비스와바 쉼보르스카 「충분하다」

씨즐은 지글거리는 스테이크 소리다. 스테이크 맛을 보기도 전에 소리와 냄새는 우리를 사로잡는다. 비 오는 날이면 유난히 후각을 자극하는 원두 향은 커피 맛을 상상하게 한다. 소리와 냄새는 형체가 없다. 눈에 보이지 않는 입자 상태로 후각과 청각 기관에 도달하지만 우리는 마치 눈으로 보는 것처럼 지각한다.

씨즐은 청각과 후각으로만 다가오는 것은 아니다. '달빛걸음차'(Moon walk tea), '동백꽃잎차'(Camellia tea)는 이름만으로 우리는 망막에 풍경화를 그린다. 어느 해 여름, 부산 해운대 달맞이고개에서 바라보던 동그란 달이 떠오르고 달빛 걸음으로 흐느적거리며 걷던 사람들의 모습이 그려진다. 동백꽃잎차는 선운사 뒤뜰 새빨간 동백이 '쿵' 소리를 내며 떨어지던 정오의 풍경을 소환한다,

차를 마시기 위해 티백의 포장을 열면서부터 코를 킁킁거린다. 달빛 걸음 향기와 동백꽃 향기를 좀더 가까이 느끼기 위해서다. 뜨거운 물을 부으니 삼각형 티백이 돛단배처럼 부유한다. 달빛이 찻잔에 내려앉고 새빨간 동백은 찻잔을 물들인다. 찻잎이 우러난 엷은 갈색 차를 마시는 내내 밤하늘에 떠 있던 샛노란 달을 떠올린다. 달빛이 들어앉은 차를 마시며 달의 마음이 되어보고 달 사람이 되어 달빛 걸음을 걸어본다. 선운사 한적한 뜨락에서 들리던 새소리와 바람 우는 소리를 마신다. 동백꽃을 피워낸 흙의 이야기와 햇살

의 노래를 마시고 동백꽃에 앉아 붕붕거리던 벌의 날갯짓과 나비들의 춤을 마신다. 씨즐이 주는 축복이다.

볼펜 굵기 정도로 가느다란 크레욜라의 매력에 빠져든 것은 색깔들의 이름 때문이었다. 햇빛 오렌지, 심장의 열정, 노을빛 노랑, 한밤중 파랑, 정글 초록, 열대우림 초록, 뜨거운 핑크. 이렇게 시적인 이름을 짓는 사람은 대체 누구일까? 크레욜라 상자에서 파랑 계열의 색들만을 골라 죽 늘어놓는다. 파랑 초록, 한밤중 파랑, 해군 빛 파랑, 그냥 파랑, 데님 파랑, 태평양 파랑, 로빈새의 알 파랑, 인디고, 하늘 파랑, 터키 파랑. 감각적인 색의 스펙트럼이 눈앞에 펼쳐진다. 이미지가 먼저 자리 잡는다. 태평양 파랑(pacific blue)과 한밤중 파랑(midnight blue)을 보면서 태평양의 심연과 어둠이 짙게 깔린 도시의 검푸른 밤을 떠올리고, 하늘빛을 닮은 알을 낳기 위해 날마다 새파란 허공을 날았을 로빈새의 날갯짓을 생각한다.

심장의 열정이라 이름 붙은 크레욜라로 심장의 언어를 받아 적는다. 뜨거운 핑크처럼 살아본 적이 있을까 한참을 생각해본다. 욕망하는 모든 것들은 늘 현재 진행 시제로 다가온다. 그러나 유예된 혹은 은폐된 꿈의 형태로 욕망을 밀어내고 만다. 어쩌면 나는 적당히 균형 잡힌 틀, 튀지도 처지지도 않는 삶 속에서 누군가의 무엇으로 길드는지도 모를 일이다. 누군가의 무엇으로 살아가는 것은 내 안의 사슴에게 먹이를 주는 일이었다. 꽤 괜찮은 사람으로 보이기 위해 늘 내 안의 사슴에게 먹이를 주었다. 가끔 내 안의 굶주린 이리가 울부짖기도 했다. 이리에게 먹이를 주는 일은 어쩌면 나를 전복시킬지도 모를 일이었기에 이성과 논리로 눌러두었지만 이리는 잠재된 욕망을 드러내었다. 길들이고 길드는 적당함을 뜨거운 핑크라 부를 수는 없었다. 나는 색깔들의 언어 어디쯤 와 있는 것일까?

광고업계에서는 소비자의 관심을 끌 것 같은 광고를 '씨즐감' 있다고 표현한다. 그리 생각하면 씨즐은 다가가는 방법이 아닐까? '씨즐'이란 우리가 무언가를 소유하기 전 우리를 먼저 끌어당기는 모든 것들이다. 향, 색깔, 소리, 질감, 그 외 다른 감각적인 것들. 우리의 뇌를 흥분시키는 자극적인 언어다. 다가가고 끌어당기는 언어들이다. 우리는 씨즐에 중독된다. 동백 향이 나는 차를 팔기 위해 선운사 동백꽃 이미지를 먼저 파는 것, 스테이크를 팔기 전 스테이크 소리와 냄새를 먼저 파는 것, 빵을 팔기 전 빵 냄새를 먼저 파는 것. 커피를 팔기 전 향기를 먼저 파는 것. 하지만 때로는 감각이 본질을 오독하는 경우도 있다.

씨즐은 비단 사물과의 관계에만 적용되는 것은 아니다. 누군가를 바라보고 누군가를 선택할 때도 씨즐이 작용한다. 어떤 사람은 내게 씨즐감 있게 다가온다. 어떤 사람의 본질을 읽어내기 전 우리는 본능적으로 서로에게 어떤 방식으로 선택될 것이며 어떤 방식으로 소비될 것인지를 씨즐스럽게 생각한다. 서로가 서로의 일부가 되기도 하고 배경이 되기도 하고 전부가 되기도 한다. 당신에게 나의 씨즐은 어떤 방식으로 받아들여질까? 어떤 빛깔과 향기와 촉감의 언어로 해석될까? 또한 나는 당신의 씨즐을 제대로 읽어낼 수 있을까? 보고 듣고 만져지고 느껴지는 씨즐스러운 것들이 도리어 당신의 본질을 가려버리는 것은 아닐까? 당신에게 해석되는 나의 씨즐이 곧 나의 본질이기를 바라고 나의 씨즐을 당신 마음의 언어로 읽어낼 수 있기를 바란다. 당신을 오독하지 않기 위해 본질에 더 다가가기 위해 씨즐스러운 것들 속으로 천천히 걸어 들어간다.

오늘 하루, 나를 사로잡은 씨즐에 대해 생각한다. 새소리와 커피 향기, 누군가의 체온, 바흐 음악, 책꽂이에서 풍기는 책 내음, 스쳐 지나가는 사람들의 뒷모습, 다가오는 발소리들과 멀어지는 발소리들, 안부를 묻는 카톡 소리, 소리와 냄새와 색채와 질감처럼 겉으로 드러나는 것들과 드러나지 않는 모든 것들을 천천히 연관 지어 본다. 오늘의 본질은 오늘의 씨즐에 얼마나 맞닿아 있을까? 오늘의 표정에 뜨거운 핑크를 칠해본다. 방아쇠를 당기기만 하면 봄의 색채와 향기와 소리들이 일시에 터져 나올 것만 같은 씨즐스러운 봄날 정오, 뜨거운 핑크빛 심장이 씨즐스럽게 펄떡이고 있다. 이제 심장의 언어를 받아 적을 시간이다.

삶은 하나의 축제,
짧지만 강렬한 축제

나는 나를 다 써버리고 싶다

내가 존재하는 것은 삶이 나에게 묻고 있다는 것이다.
다시 말해 나 자신은 세상을 향해 던져진 하나의 물음이며,
나는 그 물음에 나의 해답을 제시해야만 한다.
그렇지 않으면 단지 세상이 주는 답에 따라 살 뿐이다.

– 칼 융

날마다 자화상을 그리고 있다. 화폭에 담는 것이 아니라 얼굴에 그린다. 얼굴에 그린 자화상은 칼 융의 말처럼 세상을 향해 던진 질문들에 대한 답이 아닐까. 세상을 향한 질문들의 답이 아니라 세상이 주는 답이 새겨진 얼굴이라 생각하면 서글프다. 어느 경우든 얼굴은 수많은 질문들의 답지다. 원하든 원하지 않든 시간은 날마다 얼굴에 삶의 주름을 새기고 있다.

초상화를 뜻하는 단어 포트레이트 'portrait'는 라틴어 무엇을 그리다, 무엇을 발견한다는 의미인 'portahere'에서 유래되었다고 한다. 자화상은 자신에 대한 진지한 탐구와 고민을 함축하고 있는 셈이다.

자화상들은 한결같이 무언가를 응시하고 있다. 현시된 자신의 생을 진지하게 응시하는 것, 주어진, 지나온, 가야 할 생을 어떤 형태로든 응시하다 보면 끝없는 자기 연민에 빠져들 것만 같다. 자화상은 가장 자기다운 순간을 포착하여 그려내는 개성적인 작업이기에 시간을 어떻게 들여다보느냐에 따라 달라진다. 자화상을 그리는 작업은 생에 대한 응시의 기록이자 답을 찾는 과정이며 자기 안의 타인을 끄집어내는 작업이다. 어떤 표정이 자신을 대표할 수 있을까?

고통스러운 표정과 모습을 자화상으로 남긴 화가들을 이해할 수 없었다. 가능하면 고통을 배제하고 싶은 것이 본능이라면 고통에 일그러진 모습, 슬픔에 젖은 얼굴, 궁핍과 가난, 절망에 찌든 모습을 굳이 자화상으로 남겨야 할 필요가 있을까? 어쩌면 일부러 고통의 순간을 그림으로써 고통으로부터 해방감을 맛보려 한 것인지도 모른다. 가장 처절하게 고통스러운 모습의 자화상은 그만큼 더 고통으로부터 자유롭고 싶은 욕망의 표현일 것이다. 자화상을 그리는 행위는 '참회록' 혹은 '고백록'을 쓰는 행위인지도 모른다. 세련되고 아름다운 자화상보다 한쪽 귀를 도려낸 고흐의 자화상이 더 큰 울림을 주는 것은 바로 화가의 고통과 슬픔이 관객인 우리에게 그대로 전이되기 때문일 것이다. 처절한 고통이 느껴지는 자화상 앞에서 관객들은 자신을 돌아보게 된다.

몸체는 보이지 않고 얼굴만 부각되어 보이는 공재 윤두서의 자화상은 수염 한 올, 한 올이 세밀하게 표현된 작품이다. 정면을 응시하는 부릅뜬 두 눈, 매섭게 올라간 눈초리, 오뚝한 코, 굳게 다문 입술, 몸통은 없고 얼굴만 남아있어서 호기심을 자아냈던 그의 자화상은 정밀 분석 결과 가슴까지 그려진 작품인데 오랜 시간이 흐르면서 지워지고 얼굴만 남은 것이라 한다. 윤두서의 자화상은 편안하고 인자한 모습이 아닌 가장 윤두서다운 표정을 포착하여 그려낸 것이리라. '윤두서다움'이 곧 그의 자화상이다.

세밀 묘사된 윤두서의 초상화와는 정반대로 김수환 추기경의 자화상은 단순하다. 게다가 자화상 아래에 '바보야'라고 적어 놓았다.

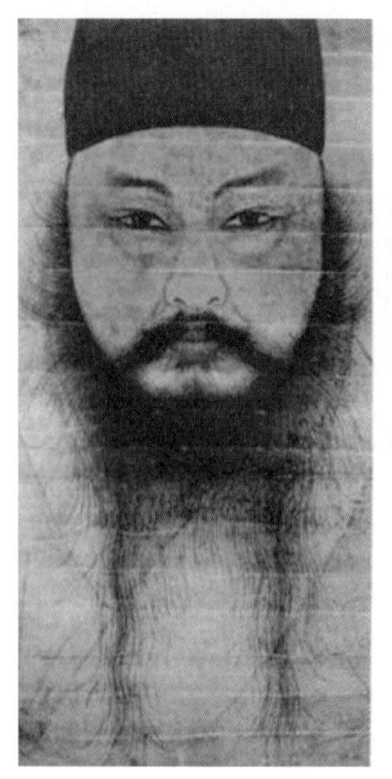

공재 윤두서(1668~1715년) 자화상

김수환 자화상 2001년

"삶을 돌아볼 때마다 가장 후회스러운 것은 더 가난하게 살지 못하고 고통받는 사람들에게 다가가지 못한 부분이다."라고 했던 추기경은 바로 그런 이유로 자화상에 '바보야' 라고 적어놓았던 것일까?

'바보야'는 사제로서 하느님의 뜻을 제대로 전달하며 살아오지 못한 것에 대한 반성과 자책의 의미이기도 하지만 자화상을 바라보는 우리에게 "당신은 바보야."라는 말처럼도 보인다.

자화상 아래 적힌 '바보야'를 오래도록 바라본다. 되지도 않을 것들, 허황된 것들을 탐하는 것도 바보짓이고, 바보짓인 줄 알면서도 반복하는 것도 바보다. 어쩌면 평생 바보짓을 되풀이하다 생을 마감하는지 모른다. 우리는 태생적으로 바보인 것이다. 최대한 절제된 선으로만 표현된 김수환 추기경의 자화상은 "바보야, 이것이면 충분하다. 무엇을 더 바라는가?"라고 묻고 있다.

프리다 칼로의 자화상

"너무나 자주 혼자이기에 또 내가 가장 잘 아는 주제이기에 나를 그린다."

'나'는 가장 익숙한 주제지만 너무나 자주 변덕스러운 존재이면서 너무나 자주 이해하기 어려운 존재다.

램브란트에 필적할 정도로 자화상을 많이 그린 프리다 칼로. 그녀의 자화상을 바라보는 것만으로도 고통스럽다. 온몸에 화살이 꽂힌 한 마리 사슴은 '삶'에 의해 살해당한 프리다 칼로 자신이다. 화살을 맞은 채 화살을 쏜 이를 응시하는 듯한 프리다 칼로의 표정은 도리어 담담하다. 쓰러지지 않은 사슴 앞에 부러진 가지가 놓여있고 사슴이 몸을 감출 수풀은 어디에도 보이지 않는다. 그녀는 삶으로부터 날아온 화살을 피하지 않는다.

자신에게 주어진 비극을 살아있음으로 받아치곤 했던 프리다 칼로는 수술 후 다시는 걸을 수 없을지도 모른다는 절망감에 "그럼에도 불구하고 나는 살고 싶다."라는 희망을 적었지만 죽음이 임박한 상태에 이르자 일기장에 "이 외출이 행복하기를 그리고 다시 돌아오지 않기를…."이라고 적어 놓았다. 지상에서의 마지막 외출은 행복하였을까? 그녀의 자화상은 생에 대해 진지한 고민을 하게 한다. 프리다 칼로의 말처럼 가장 익숙한 존재이면서 가장 낯선 존재이기도 한 '나'를 찾는 일은 늘 어렵다.

프리다 칼로 **상처입은 사슴**(El Venado Herido) 1946년

천경자의 자화상

뱀을 머리에 화환처럼 두르고 가슴엔 장미꽃을 꽂은 긴 머리 여인이 정면을 응시하고 있다.

여인, 꽃, 뱀은 천경자 작품의 키워드라 할 정도로 많은 작품에 등장한다. 「내 슬픈 전설의 22페이지」는 22세 때의 결혼과 첫딸을 낳았던 경험, 슬프고 우울한 기억을 형상화한 작품이라 한다. 자화상에 등장하는 여인의 눈은 과장되게 확장된 동공, 커다란 홍채로 일반적인 사람의 눈빛과는 다른 느낌을 준다. 자화상 속 형형한 눈빛은 선악과 미추를 초월한 자의 눈빛이다. 자신을 그리면서 수없이 응시했을 눈동자 속에는 지상에서 '천경자'라 불리는 여인이 들어 있다.

사람은 저마다 슬픈 전설의 몇몇 페이지들을 간직하고 있다. 내 슬픈 전설의 24페이지 첫머리는 아버지의 부재로 시작된다. 부스스한 머리에 아무거나 대충 입고 병색 가득한 아버지와 화단의 동백나무 아래 나란히 서서 찍은 사진이 있다. 어딘지 모르게 세상을 달관한 자처럼 보이는 아버지 곁에 어떤 불안감을 애써 감추고 어정쩡한 표정으로 서 있는 내 모습은 스물네 살이라는 찬란함과는 거리가 멀었다. 끝내 다시 펼쳐볼 수 없는 내 삶의 24페이지가 천경자의 슬픈 눈빛과 겹친다.

천경자 **내 슬픈 전설의 22페이지** 1977년

파울라 모더존 베커의 자화상

「동백나무 가지를 든 자화상」은 흙빛에 가까운 색으로 여인의 몸과 얼굴을 표현한 누드 자화상으로 고대 이집트 미술에 영감을 받아 완성한 작품이라 한다. 흙빛으로 표현된 누드는 가장 원초적인 자기다움을 드러낸다.

유난히 크고 선명한 두 눈은 어디를 응시하고 있을까. 꽃이 아닌 잎을 든 여자의 누드 자화상은 관능적이지 않고 도리어 슬프다. 꽃은 하나 없고 여섯 개의 잎사귀만 달린 마른 가지를 든 여인. 그녀 자신이 꽃이다. 자화상의 제목이 '동백나무꽃을 든 여인'이었다면 우리의 시선을 이토록 강렬하게 붙잡을 수 있었을까.

> 내가 아는데 나는 아주 오래 살지 못할 것이다. 하지만 그렇다고 슬픈가? 축제가 길다고 더 아름다운가? 내 삶은 하나의 축제, 짧지만 강렬한 축제이다. 마치 내가 나에게 주어진 짧은 시간에 모든 것, 전부를 자각이라도 해야 하듯이, 나의 감각은 점점 더 예리해진다. (…) 그러니 내가 이 세상을 떠나기 전에 내 안에서 사랑이 한번 피어나고 좋은 그림 세 점을 그릴 수 있다면 나는 손에 꽃을 들고 머리에 꽃을 꽂고 기꺼이 이 세상을 떠나겠다.
>
> — 파울라의 일기 중

파울라 모더존 베커 **동백나무 가지를 든 자화상**(The Painter with Camilla Branch) 1907년

파울라의 이른 죽음에 대해 릴케는 "당신은 당신을 다 써버렸다."는 말로 안타까움을 표현했다고 한다. 삶에 자신을 다 써버린 파울라는 손에 꽃을 들고 머리에 꽃을 꽂고 어딘가로 즐겁게 떠났을 것이다.

자화상은 명징한 삶의 흔적이며 자기 증명의 수단이다. 누군가의 자화상에서 우리는 누군가의 자서전을 읽고 있다. 얼굴은 고정돼 있지 않은 변화무쌍한 화폭이다. 사람은 얼굴에 저마다의 자화상을 그리지만 시시각각 변하는 얼굴을 모두 대표하는 완벽한 자화상이란 존재할 수 없다. 자신의 얼굴에 그리는 자화상은 끝내 미완인 셈이다.

나는 지금 어떤 모습의 나를 그리고 있을까? 또 어떤 모습의 자화상으로 남겨질까? 내 슬픈 전설의 몇 페이지를 쓰는 중일까? 프리다 칼로처럼 화살을 맞고 피 흘리는 한 마리 사슴일까? 먼 곳을 응시하며 모든 것을 달관한 흙빛 누드의 파울러 모던 존 베커의 모습인가?

프랑스의 예술가 표트르 바르소니는 『피카소가 모나리자를 그린다면』에서 우리가 흔히 알고 있는 고전적 의미의 모나리자를 책에 소개된 '31명의 화가가 모나리자를 그린다면 어떻게 그렸을까?'라는 전제하에 각자의 독특한 화풍을 빌려 개성적인 방식으로 모나리자를 표현하였다. 점, 선, 면, 그리고 입체, 색조, 느낌과 감정에 따라 수없이 분해되고 재

조합되어 탄생한 모나리자는 예술은 더이상 망막적이지 않음을 보여 준다. 그중 유독 나의 관심을 끈 작품은 앙리 마티스 스타일로 재해석된 모나리자였다.

활처럼 유연한 눈썹, 길고 큰 눈, 유혹적인 입술과 계란형 얼굴, 창백한 얼굴에 화사한 핑크빛 볼터치, 연둣빛 노랑의 긴 머리카락, 가슴이 드러나 보이는 보라색 원피스, 무엇보다 마음에 드는 것은 쏘아보는 듯한 강렬한 눈빛이었다. 저 눈빛은 어디를 향하고 있을까? 세상의 질서에 길들지 않을 것만 같은 당돌한 눈빛, 세상을 흡입하고 세상의 껍질을 벗겨버릴 것만 같은 눈빛, 만일 저 눈빛만 있었다면 나는 좀더 세상을 잘 살 수 있었을까?

내 이미지와는 전혀 어울리지 않는 스타일의 모나리자에 시선이 꽂힌 것은 릴케가 파울라 모더존 베커에게 했던 말, "당신은 당신을 다 써버렸다."가 그림 속 모나리자와 꼭 어울려 보였기 때문이었다. 나는 여전히 나를 다 써버리지 못하고 있다. 나답게 소모하는 방법을 알지 못하는 것인지 알면서도 행하지 않는 것인지 모르겠지만 나를 제대로 소모하지 않으면서 적당히 세상에 길들어 가고 있다.

주위 시선에서 자유롭지 못하고 변화를 두려워하며 익숙함의 관성을 되풀이하는 나는 어쩌면 비겁하다. 한가운데서 있지 못하고 조금쯤 옆으로 비켜서 있다. 그 비켜서 있음이 또한 비겁하다는 것을 알고 있으면서도 비켜서 있다. 비켜선 나를 바라보는 내 안의 나는 어떤 표정을 짓고 있을까? 이성과 논리로 포장된 겉을 비웃기라도 하듯 앙리 마티스의 모나리자처럼 도발적인 냉소를 품고 있을지도 모른다.

> 내 속에서 솟아 나오려는 것.
> 바로 그것을 나는 살아보려고 했다.
> 왜 그것이 그토록 어려웠을까?
>
> — 헤르만 헤세 『데미안』

누구의 무엇이 아닌 오직 '나'로 살고 싶은 열망을 담은 앙리 마티스 스타일의 모나리자. 내 속에서 솟아 나오는 가장 본질적인 모습의 나를 생각했다. 왜 그것에 이르는 일이 그토록 어려웠을까? 니체는 차라투스트라의 입을 빌려 "인간은 극복되어야 할 그 무엇이다. 그대들은 자신을 극복하기 위해 무엇을 했는가?"라고 묻는다. 온전히 나로 살아보는 일과 자신을 극복하는 일은 전혀 다른 것처럼 보이지만 실은 같은 의미다. 나로 살기 위해서 극복해야 할 것은 나를 둘러싼 환경이 아니라 바로 자신이라는 것. 나를 극복하지 못하고 적당히 타협해버린 시간이 얼굴에 원하지 않는 자화상을 그려 버린지도 모른다. 내 속에서 솟구쳐 올라오는 '나'를 온전히 다 써버린 순간이 찾아오기를 간절히 바라고 있다. 거울 속에 도착한 자신을 기쁨으로 맞이할 때가 오기를….

메마른 시간과
습한 시간의 기억

우리는 오래전 진흙으로 빚어진 사람.
그것으로 빚을 수 있는 많은 것들이 있고
진흙이 마르는 동안 갈라지는 슬픔 또한
기다리고 있으니

— 나희덕 「진흙의 사람」 부분

영어의 'Man', 'Human'은 '흙'이란 뜻의 라틴어 'Humus'에서 유래했다고 한다. 인간의 어원이 습기와 관련되어 있다는 사실은 흙에서 시작하여 흙으로 돌아갈 인간의 운명을 보여준다. 흙의 인간은 흙으로 빚어진 인간이며 언젠가는 흙으로 돌아갈 인간이다.

진흙 사람들

초등학교 미술 시간 진흙을 맨 처음 만지던 날, 진흙으로 만든 최초의 작품들은 사람이었다. 사람들은 왜 사람을 만들고 싶어할까? 아무도 가르쳐 주지 않지만 사람이 사람을 만드는 작업은 본능적인 유희다.

물렁물렁한 진갈색 진흙을 굴려 몸통을 만들고 팔과 다리를 붙이고 그 위로 동그란 머리를 올리고 눈, 코, 입을 붙이던 생각이 난다. 뼈대를 세우지 않은 진흙 사람은 머지않아 허물어졌고, 뼈대를 세웠다 해도 제대로 다듬지 않으면 연결 부위가 떨어져 나오거나 진흙이 마르면서 갈라져 볼품없는 모습이 되곤 했다. 진흙 사람에게도 습기는 필수였다. 진흙 사람을 크게 만들수록 더 많은 물기가 필요했다. 촉촉하지 않은 진흙 사람은 쉽게 무너져 내렸다. 해가 비치는 창가 쪽에 진열되어 있던 진흙 사람들. 여기저기 균열이 생긴 진흙 사람들이 부서지지 않게 하려고 수시로 물을 발라주곤 하였다. 순간의 촉촉함이 임시방편에 불과할지라도 진흙 사람의

몸이 따로 분리되어 돌아다니는 모습을 보고 싶지 않았다.

신라 토우土偶는 흙으로 만든 인형인데 무덤을 발굴하면서 부장품으로 출토되어 세상에 알려지게 되었다. 사후세계를 삶의 연장으로 인식했던 고대 신라인들은 죽어서도 현세와 마찬가지로 안락하고 복된 삶을 소망했다. 크기가 대략 5㎝ 정도지만 인생의 희로애락이 사실적이고 대담하게 표현되어 있다. 지극히 단순화된 표정과 몸짓으로 원초적 욕망과 쾌락을 드러내는 토우는 주로 주술적 용도나 부장품으로 사용되었다 한다.

유독 성적인 묘사가 많은 것은 사후세계에서도 영생, 풍요, 다산의 기쁨을 누리길 바라는 마음에서였으리라. 출산이 임박한 임산부의 토우는 그곳에서 다시 태어나기를 기원하는 의미였을까, 지금 보아도 민망할 정도로 대담함을 지니고 있는 토우엔 길들지 않은 욕망이 있고 원초적인 아름다움이 존재한다. 사람의 모든 것을 벗겨내고 벗겨내면 토우에서 구현하고 있는 본질에 이를 것만 같다.

토우를 맨 처음 만든 이는 누구였을까? 고통, 환희, 희열, 몰아의 얼굴…. 이보다 더 진솔한 표정이 세상에 존재할까. 아주 오래전 진흙 사람을 빚었을 이름 모를 신라인의 마음이 되어본다. 무덤 속에서 발견된 토우는 1500년의 세월을 거슬러 흙 사람들의 삶을 여과 없이 보여준다.

나희덕 시인의 「진흙의 사람」이라는 시가 있다.

> 아일랜드에서는 이런 점을 친다지/접시에 반지, 기도서, 물, 진흙, 동전을 담아/눈을 가린 술래에게 하나를 집게 하는데 (……) 차갑고 축축하고 부드러운 질감이/손끝에 느껴질 때/그것이 죽음이 만져지는 순간이라는 것을 (……) / 그러나 우리는 오래전 진흙으로 빚어진 사람 (……) 그것으로 빚을 수 있는 많은 것들이 있고/진흙이 마르는 동안 갈라지는 슬픔 또한 기다리고 있으니/
>
> — 나희덕 「진흙의 사람」 부분

진흙을 집으면 곧 죽게 된다는 예언은 사람이 흙에서 와서 흙으로 돌아간다는 명징한 상징처럼 보인다. 반지, 기도서, 물과 동전, 진흙 중에서 무언가를 집어야 한다면 어쩌면 나도 시인처럼 진흙을 집어들 것이다. 무언가를 빚을 수 있는 환희와 갈라지고 부서지는 슬픔을 모두 품고 있는 진흙은 우리 생이 그러하듯 완전무결한 견고함이란 애초에 존재하지 않음을 보여준다.

습기가 사라진 진흙 사람이 쉽게 부서지듯 습기를 잃어버린 사람들도 쉽게 무너진다. 사람다움이란 습기를 품는 것, 촉촉해지는 것, 눈물의 가치를 아는 것, 눈물을 외면하지 않는 것이다. 마음껏 울 수 있는 용기를 지닌 자, 눈물의 힘을 믿는 자에게는 언제든 누군가를 위해 실컷 울 수 있도록 몸 안에 바다가 존재하는지 모른다.

사람과 사람 사이, 사람이라는 말에 '사이'라는 말이 연결되면 관계의 언어가 된다. 습한 사람과 습한 사람의 사이, 메마른 사람과 메마른 사람의 사이, 인간은 '사이'들의 숲이다. 어떤 날은 사람으로 서고 또 어떤 날은 인간으로 선다. 거울 앞에서 마주하는 나는 습도계가 고장난 사람이면서 늘 메마른 습도를 유지하는 인간이기도 하다.

'오늘'이라고 적힌 페이지에 나를 기록하고 있다. 사람이면서 인간인 나의 기록은 건기와 우기를 반복한다. 짧은 건기와 긴 우기, 긴 건기와 짧은 우기, 메마른 시간과 습한 시간의 기억. 삶은 건기와 우기의 반복이다. 나를 위해, 누군가를 위해 준비된 습도. 흙의 인간으로서 지녀야 할 습도와 온기를 잃어버린 내 안의 습도계는 오작동 중이다. 울어야 할 때 제대로 울지 못하고 울지 않아도 되는 날 기어이 울음을 터뜨리고 마는 대책 없는 습도계의 주인이다.

교실 창가 옆 진흙 사람들은 학기가 끝날 무렵이면 모두의 관심에서 벗어났다. 팔과 다리, 머리와 몸통이 분리되어 누구의 것인지도 모르게 마구 뒤섞인 진흙 사람들은 습도를 잃어버린 사람들의 최후처럼 보였다. 우리는 모두 흙에서 온 존재이며 언젠가는 흙으로 돌아갈 존재들이다. 우리 몸 어딘가에 흙의 기억이 오래도록 남아있기를, 흙의 온기와 습도를 온전히 간직할 수 있기를….

춤을 출 때 그것은 기도의 일부이다

일체의 가식을 벗어던지고 추는 춤은 몸의 언어

우리가 춤을 출 때, 그것은 기도의 일부다. 춤을 추고 있지만 동시에 기도를 드리고 있는 것이다. 다른 놀이를 할 때도 마찬가지다. 그것들은 기도의 일부다. 영혼, 육체, 마음이 늘 한자리에 있는 것이다. 그것들은 분리될 수 없다.

— 푸에블로족

앙리 마티스의 작품 세계는 강렬하고 거침이 없어 마치 인간을 뛰어넘는 야수와 같다고 해석되어 '야수파'라 불린다. 앙리 마티스의 '춤'은 현재 뉴욕 현대 미술관에 소장된 「춤 1」과 러시아 상트페테르부르크 에르미타슈 박물관에 소장된 「춤 2」가 남아있다. 「춤 1」을 그린 뒤 러시아 명화 수집가인 세르게이 슈추킨(Serguei Chtchoukine)의 의뢰로 그린 작품이 「춤 2」라고 한다.

> 춤의 주제는 벽에서 얻은 것이 아닙니다. 나는 유달리 춤을 좋아하고 춤을 통해서 많은 것을 봅니다. 표현력이 풍부한 움직임, 율동감 있는 움직임, 춤은 내 안에 있었습니다.

「춤 1」은 발랄함과 경쾌한 활기가 느껴지고 「춤 2」는 「춤 1」에 비해 좀 더 격정적이고 원초적이며 뚜렷한 목적 의식 아래 춤추고 있는 것처럼 보인다. 「춤 1」의 사람들이 서로라는 연대 안에서 유연하고 부드럽게 춤을 추고 있다면 「춤 2」의 사람들은 따로 또 같이 강렬한 춤을 추고 있다.

「춤」은 원근법과 상관없이 다섯 명의 벌거벗은 사람들을 모두 같은 크기로 그린 작품인데 화폭이 무려 4미터에 달한다고 한다. 공간을 인지할 수 있는 그 어떤 단서도 없는 곳, 오직 초록을 딛고 파란 하늘을 배경 삼아 춤에 몰입해 있다. 춤을 추다 초록의 끝에 이른 그들은 어느 순간 하늘로 날아

앙리 마티스 춤(Dance) 1 1909년

앙리 마티스 춤(Dance) 2 1910년

오를 것만 같다.

빨강, 파랑, 초록의 단순한 구성은 서로 강한 대비를 이루어 시각적으로 강렬하고 화려한 느낌을 준다. 파란 하늘, 초록 들판, 벌거벗은 빨간 몸의 남녀들. 군더더기 하나 없이 오직 춤으로 말하고 있다. 그들이 온몸으로 말하려는 것은 무엇일까?

눈을 감고 고개 숙인 그들의 가슴과 배, 팔, 다리의 역동적인 움직임이 고스란히 전해진다. 분명 한 시점을 순간적으로 포착해서 그린 작품임에도 원을 그리며 돌고 있는 것처럼 느껴진다. 몸짓에 어울리는 배경 음악이 있다면 아마도 강렬한 북소리가 아닐까. 벌거벗은 인간의 육체는 정직하다. 춤을 추는 동안 그들에겐 춤이 언어가 된다. 손을 잡고 춤을 추는 5명의 사람은 저마다의 춤에 빠져 있다. 5명의 사람 중 4명은 손을 단단히 붙잡고 있으나 그림 전면 뒷모습으로 보이는 사람과 왼쪽 측면의 사람은 팔을 놓친 것처럼 그려져 있다. 놓쳐버린 손, 잡을 듯 말 듯 아슬아슬한 상황을 연출한 마티스의 의도가 궁금해진다.

절벽 위에서 벌거벗은 사람들이 손을 잡고 춤을 추고 있다. 무엇으로도 자신을 은폐시킬 수 없는 곳, 가장 절박한 곳, 바로 그곳에서 가장 동적인 춤을 춘다. 온전히 자기다운 춤, 온전히 자기답기 때문에 충만하면서도 불안한 춤. 자신을 설명할 그 어떤 장치도 도구도 존재하지 않는 곳에서 춤은 자기 표현의 유일한 수단이다. 조금만 여유를 부려도 조금만 느슨해져도 손을 놓쳐버릴 수밖에 없는 삶 속에서 다시 손을 내밀어 자신의 생을 붙잡는 것, 생의 수레바퀴에 자신을 단단히 붙들어 매어두는 것…. 그리하여 다시 어디선가 들려오는 자기만의 북소리에 맞춰 춤을 추는 것. 저마다의 삶은 위태로운 그러나 아름다운 춤이다.

사마 춤을 추고 싶은 날이 있다

레코드 가게나 비디오 대여점이 인기였던 때가 있었다. 퇴근길 레코드 가게에서 흘러나오는 이국의 음악 소리에 끌

무엇이 그로 하여금 사마 춤을 추게 하는 것일까?

려 음반을 사고 내친김에 터키 영화를 빌려오곤 했다. 지금은 제목도 떠오르지 않는 터키 영화. 검은 모자를 쓴 터키 전통 복장의 남자 무용수가 한 손은 하늘을 향해 다른 한 손은 땅을 향한 채 빙빙 돌던 장면만 기억에 남아있다. 원운동을 하며 돌 때마다 치마 끝이 풍선처럼 부풀어 올랐다. 화면 가득 클로즈업되는 무용수의 얼굴은 고뇌에서 벗어난 몰아의 얼굴이었다. 무엇이 그로 하여금 춤을 추게 하는 것일까?

터키 사람들은 사마 춤(Sama Dance)의 세계가 곧 그들 정신의 뿌리라고 생각한다. 사마 춤은 단소와 북장단에 맞춰 한 손은 하늘을 향하고 다른 한 손은 땅을 향한 채 회전하면서 원운동을 하는 매우 단순한 춤으로 자전인 동시에 공전인 2중, 3중의 끊임없는 원무다. 단순해 보이는 동작을 세 시간 이상 반복하면서 몰아의 경지에 이르고, 이를 통해 알라에게 자신을 일치시켜 간다. '알라'라는 최고의 가치가 원운동의 반복이라는 지극히 단순한 형식을 통해 추구된다는 사실이 매우 인상적이다. 자신이 원의 중심이면서 동시에 더 큰 원의 호를 긋고 통합과 조화를 만들며 궁극적으로는 자기 자신을 확장해 간다.

사마 춤을 추던 터키 무용수의 경건한 표정이 지금도 잊히지 않는다. 삶의 언저리를 종종거리며 나도 원을 그리며 돌고 있다. 그러나 숭고하다거나 경건한 몸짓은 아니다. 어쩌면 강력한 원심력을 핑계 삼아 삶의 궤도에서 벗어나고 싶은 속내를 감추고 있는지도 모른다. 젊은 날 비디오 대여점에서 빌려온 제목조차 알 수 없는 터키 영화의 한 장면처럼 여전히 날마다 사마 춤을 추고 있다. 내 원의 반경은 얼마나 더 넓어졌을까? 20대의 정점에 있던 그때와 지금의 나 사이. 수많은 시간이 원 속으로 들어와 자리 잡았다. 내가 만들어낸 삶의 궤적에서 사마 춤을 추는 중이다.

춤은 좋아서도 추고 괴로워서도 춘다. 언어로 말하기 어려운 사람들은 몸으로 말한다. 독무든, 군무든, 두 사람이 마주 보고 추는 춤이든 몸의 언어는 바로 춤이다. 춤이 하나의 의식이면서 유희이고 언어였던 시대가 있었다. 여전히 사람들은 춤을 춘다. 단순한 춤이든 어떤 고난도의 기술이 필요한 춤이든 춤은 영혼과 육체를 움직이게 하고 삶의 단조로움과 척박함에서 벗어나기 위한 동력이 되기도 한다.

하루라는 시간, 일상의 반복 그날이 그날 같다. 어제와는 다른 날임을 증명하는 달력의 숫자가 눈에 들어온다. 달력을 보며 사라진 시간을 애도한다. 한 손은 닿을 수 없는 하늘을 향해 또 다른 한 손은 대지를 향해, 이상과 현실, 하늘과 땅 사이 날마다 사마춤을 춘다. 나를 포장하는 모든 것들을 벗어던지고 벌거벗은 몸으로 빙빙 돈다. 개별화된 사마 춤이 모여 군무가 된다. 사람과 사람이 하나의 원이 되고 원은 커지고 더 커져서 거대한 원이 된다. 낱낱의 사람은 보이지 않고 원만 남는다. 자전과 공전을 품고 추는 춤의 끝은 아무도 알지 못한다. 춤의 시작이 춤이듯 춤의 끝도 춤이다.

결여의 인간과 티끌의 인간

우리는 누구나 타인의 부족한 한 조각

우리는 자주 오해받는다. 계속해서 성장하고 변화하기 때문이다.
우리는 봄마다 껍질을 벗고 새로운 옷을 입는 나무와 같다.
우리의 정신은 끊임없이 젊어지고, 더 커지고, 더 강해진다.

— 니체 『즐거운 지식』

주사위 등의 물건을 반으로 잘라 서로 다른 지역에서 온 두 사람이 각각 나누어 갖고 있다가 어떤 목적에 필요할 때 서로 아귀가 맞는지 맞추어봄으로써 신분을 입증하였는데 바로 그렇게 신분 확인을 위해 둘로 나눈 것 각각을 '부절(Symbolon)'이라 한다. 부절은 돌이나 대나무 쪽, 청동 등으로 만들어 주로 사신의 실물로 이용하였다.

플라톤의 『향연』에서 아리스토파네스는 과거 인간이 남성과 남성, 여성과 여성, 남성과 여성의 세 개의 성으로 구분되어 있었다고 말한다. 몸 전체는 구형이며 4개의 팔과 4개의 다리, 원통형의 목 위에 비슷한 두 개의 얼굴이 서로 반대 방향으로 향하고 있었다. 지금처럼 곧추서서 두 방향 중 어느 쪽으로든 원하는 대로 걸어 다녔고 꽤 빨리 달리기도 했다. 공중제비하는 사람들처럼 다리를 곧게 뻗은 채 빙글빙글 8개의 팔다리로 돌아다녔다. 힘과 활력이 넘쳐 오만해지고 급기야 신을 공격하자 신은 인간을 반으로 나누면 힘은 약해지면서 수가 늘어나니 더 쓸모 있을 거라 생각하고 반으로 나누어버렸다. 남성과 남성, 여성과 여성, 남성과 여성 조합은 따로 분리되어 버렸다. 절반이 잘린 인간들이 아폴론에게 반으로 잘린 곳을 치료해 달라고 해서 오늘날과 같은 인간의 모습이 되었다고 한다. 서로의 반쪽을 그리워하며 시름시름 앓다가 죽어가는 것을 제우스가 가엽게 여겨 상대방을 통해 생식하여 종을 늘리게 했다. 인간들은 서로에 대

한 온전함을 추구하고 싶어 했고 이를 '에로스'라 칭한다.

오래전 누군가와 한 몸이었을 우리는 끝없이 징표를 찾아 헤맨다. 누구나 타인의 부족한 한 조각, 누군가가 놓쳐버린 퍼즐 한 조각을 품고 있어 누군가에게 퍼즐을 건네주면 비로소 완성되는 퍼즐 판 같은 것일까. 결여를 품고 사는 사람은 누구든 결여를 채울 만한 것들을 찾아 나선다. 나와 비슷한 퍼즐 판을 지니고 있는 누군가를 우연히 마주치면 잃어버린 반쪽을 만난 것처럼 신기하다.

부절이든 부신이든 반편이든 인간 본성의 본질은 그리움에 있는 것이다. 어쩌면 그리움은 반으로 잘림 때문에 생겨난 정서인지도 모르겠다. 태생적으로 결여를 지닌 인간들은 꼭 맞는 퍼즐을 발견하지 못한 채 살아가기도 하고 때로는 자신에게 있는 퍼즐 조각을 변화시키기도 한다. 열쇠와 열쇠 구멍처럼 딱 들어맞는 게 아니라면 자신의 몸을 바꾸어 가는 식으로 진화되어 가는지도 모르겠다.

인간이 왜 인간을 사랑할 수밖에 없고 그리워할 수밖에 없는지, 사랑은 남과 여만의 공유물이 아니라 남과 남, 여와 여의 사랑 즉 동성애도 온전함을 추구하기 위한 사랑의 한 방식이라는 것을 아리스토파네스는 보여준다. 두 사람이 한 몸이었던 때 서로 반대 방향을 향하는 두 머리를 하나의 방향으로 움직이게 하려면 양보와 타협이 필요했을 것이다. 잃어버린 퍼즐 조각을 찾아 퍼즐 판을 완성해가는 과정, 즉 결여가 만들어낸 결과물을 진화라 할 수 있고 사랑은 그러한 결여의 결과 시작된 것이라 할 수 있겠다.

사이먼 리치(simon rich)는 아리스토파네스의 신화가 '대다수 인간'을 빠뜨리고 있다고 말한다. 리치는 아주 짧은 단편 「티끌의 아이들」(the children of the dirt)에서 여성–여성 짝을 '땅의 아이들', 남성–남성 짝을 '태양의 아이들' 그리고 이성 짝을 '달의 아이들'이라 부른다. 더 나아가 처음부터 머리 하나에 팔다리 넷을 가지고 있던 '티끌의 아이들'도 있다고 말한다. 제우스는 이미 그들이 충분히 고통받고 있다고 생각했기 때문에 반으로 나누지 않았다. 리치는 "오늘날 인류의 대다수는 티끌 아이들의 후손이다. 아무리 오랫동안 세상을 뒤진다고 한들 그들은 찾고 있는 것을 발견하지 못할 것이다. 이 세상에는 그들을 위한 누구도, 어느 한 사람도 없기 때문이다."라고 이야기한다. 이미 충분히 고통받았다고 생각하기에 반으로 나누지 않은 티끌의 아이들인 우리는 지금 무엇을 찾아 헤매고 있을까. 고통의 근원을 헤아리고 있는 것일까?

충분히 고통받았기에 반으로 나누지 않았다고 하지만 세상은 여전히 충분히 고통스럽다. 고통 없는 세상이란 애초에 존재하지 않음을 인정하는 편이 고통으로부터 자유로워지는 길일 것이다. 달과 태양의 아이들, 땅의 아이들은 모두 짝을 이루고 있지만 티끌의 아이들은 처음부터 머리 하나에 팔다리 넷인 채로 존재한다. 사이먼 리치의 주장처럼 이 세상에는 그들을 위한 누구도 어느 한 사람도 없기 때문에 불완전함을 완전함으로 받아들이고 살아야 한다. 어쩌면 바로 그 점이 티끌의 아이들이 홀로 서야 하는 강력한 이유인지도 모른다. 머리 하나에 팔다리 넷을 지닌 티끌의 아이들이 만들어가는 세상은 그들의 한숨과 눈물과 절망으로부터 시작되었지만 찬란하게 아름답다.

당신의 연극은 현재 진행 중이다

너는 존재한다. 그러므로 사라질 것이다
너는 사라진다. 그러므로 아름답다

내 안에 여러 인물들을 만들었다. 나는 끊임없이 인물들을 만들어 낸다. 꿈 하나가 시작되면 바로 한 인물이 나타나고 그 꿈은 내가 아니라 그 인물이 꾸는 꿈이 된다. 창조하기 위해 나는 나 자신을 파괴했다. 내 안의 나 자신을 너무 많이 밖으로 드러낸 나머지 이제 내 안에서 나는 껍데기로만 존재한다. 나는 다양한 배우들이 다양한 작품을 공연하는 텅 빈 무대다. 상상 속 인물들은 현실 속의 인물보다 더 선명하고 진실하다.

— 페르난도 페수아 『불안의 책』

두 번은 없다. 지금도. 앞으로도 그럴 것이다. 아무런
연습 없이 태어나서 실습 없이 죽는다.

비스와바 쉼보르스카의 말처럼 우리 삶에서 반복되는 하루는 단 하루도 없다. 두 번의 똑같은 밤도 없고, 두 번의 한결같은 입맞춤도 없고 두 번의 동일한 눈빛도 없다. 늦은 밤이 되면 스쳐 지나간 것들에 대해 아련함이 밀려온다. 삶에는 리허설이 없고 날마다 실전이라는 것을 잘 알면서도 무언가 제대로 하지 못한 채 다시 밤을 맞는다.

너는 존재한다. 그러므로 사라질 것이다.
너는 사라진다. 그러므로 아름답다.

존재하기에 사라지고 사라지기에 아름답다는 시인의 역설 앞에서 잠시 멈춘다. 우리는 존재하지만 언젠가는 분명 사라질 것이며, 사라지기에 아름다운데 대체 무엇 때문에 쓸데없는 불안으로 하루를 채우려 하는지 시인은 묻고 있다. '존재'는 '지금 여기' 있을 때만 의미가 있다.

존재하는 모든 것들은 흔들리게 마련이지만 그 흔들림이 버거워질 때면 그리스 철학자 에픽테투스의 글을 다시 찾아 읽곤 한다.

우리 모두는 연극 무대에 선 배우들과 같다. 신은 우리의 의견을 묻지도 않고 우리들 각자에게 인생 속의 배역을 맡겼다. 우리들 중 누구는 단역에 출연할 것이고 또 누구는 장막극에 가난한 이, 장애를 지닌 이, 유명인, 정치지도자의 배역을 맡을 수도 있고 아주 평범한 시민의 배역을 맡을 수도 있다.

어떤 배역이 우리에게 정해질 것인가는 우리가 선택할 수 있는 문제가 아니다. 우리는 그 배역을 그대로 받아들일 수밖에 없고 주어진 배역을 최선을 다해 충실히 연기해야만 한다. 배역에 불평해서는 안 되고 어떤 배역이 맡겨지든, 어떤 상황 속에서 그 배역을 해내야만 한다면 나무랄 데 없는 최상의 연기를 펼쳐라. 그대에게 작가의 배역이 맡겨졌는가? 그렇다면 최선을 다해 쓰라. 그대에게 독자의 배역이 맡겨졌는가? 그렇다면 최선을 다해 읽으라.

— 에픽테투스 『삶의 기술』

당신은 인생이라는 무대에 선 배우, 원하든 원하지 않든 맡은 배역을 성실히 수행해야 한다는 정언명령과도 같은 말에 밑줄을 그어본다.

연극을 구상한 신은 우리 의견을 묻지 않고 각자 인생 속 배역을 맡겼다. 에픽테투스는 선택 없이 일방적으로 주어진 배역을 받아들이는 것에 그치지 않고 그 배역에 최선을 다하라 한다. 게다가 나무랄 데 없는 최상의 연기를 펼치라고 주문한다. 주어진 역할을 받아들이고 싶지 않은 이에게 최상의 연기를 주문하는 신이 가혹하다고 생각했다. 어두운 밤, 어디로 가야 할지 마음은 정처 없는데 어디선가 보이는 한 줄기 빛을 찾아 움직이는 나방. 그 불빛이 구원의 불빛일지 죽음의 불빛일지도 모르면서 그곳을 향해 돌진하는 나방 같다는 생각을 한 적이 있다. 나방에게 불빛은 최선을 다해 좇아야만 하는 허기 같은 것이리라. 누구에게나 삶의 허기가 존재하고 허기를 채우기 위해 나방처럼 몸을 던져야 할 때가 있다.

인생 연극의 몇 막, 몇 장이 진행 중인지 알지 못한다. 다만 무대 위에 서 있다. 내가 바라는 역할, 좀더 좋아 보이는 역할을 신은 준비해 두셨을까? 그러나 원하는 배역은 쉽게 주어지지 않았고 원하지 않는 배역이 주어질 때가 더 많았다. 어떤 배역에 대한 기대치를 접으니 무대 위에서 담담해져 가고 있다. 젊은 날 무대 위에서 겪었던 아픔이나 설움, 상처, 뜻하지 않은 실수가 가져다준 오랜 학습의 결과일 것이다. 세상에 던져진 우리들은 자기 삶의 배우다. 언제 무대의 불이 꺼지고 폐막을 알리는 커튼이 내려올지 모른다. 신이 어떤 배역을 맡길지라도 나무랄 데 없는 최상의 연기를 해야 하기에 그에 합당한 페르소나를 고른다. 원하든 원하지 않든 두 번은 없을 정도로 완벽한 연기를 펼쳐야 한다.

에드워드 호퍼의 마지막 작품으로 알려진 「두 코미디언」에서는 주름 장식이 달린 흰 의상을 입은 두 사람이 무대 위로 올라와 마지막 인사를 하고 있다. 남자는 에드워드 호퍼, 여자는 호퍼의 평생 반려자였던 조 호퍼를 상징한다. 조 호퍼는 동료 화가이자 아내로 호퍼가 화가로서 큰 성공을 할 수 있도록 정신적 · 물질적으로 큰 도움을 주었다.

호퍼 작품의 모델은 처음부터 끝까지 오직 아내 '조'였다고 한다. 화가로서보다 호퍼의 아내로 더 알려진 조의 모습이 남자 손에 이끌려 무대에 나온 여자의 표정과 모습에 잘 드러나 있다. 호퍼가 무대에서 완벽한 연기를 펼칠 수 있도록 말없이 조연의 자리를 지켰던 여인, 호퍼의 아내로, 호퍼의 수많은 작품 속 모델로 여전히 우리에게 친숙하지만 조 자신은 그 역할이 만족스러웠을까? 40여 년간의 결혼 생활 동안 긴장과 갈등, 싸움, 대립의 순간을 화해로 유도하면서 호퍼의 곁을 지켰지만 화가로서 그녀의 이름 '조세핀 버스틸 니비슨'을 기억하는 이는 거의 없을 것이다. '조세핀 버스틸 니비슨'으로 무대에 섰던 순간이 그녀에게는 더 가슴 뜨거웠을까 아니면 '조 호퍼'란 이름으로 무대에 섰을 때였을까?

무명의 호퍼에게 처음으로 화가로서의 길을 열어 준 뉴욕

휘트니 미술관에 호퍼의 작품을 기증하면서 조는 큐레이터에게 작별 인사와 같은 편지를 보냈다.

> 최근 우리 주변에서 일어난 죽음은 살아있음이 소중하다는 것을 깨닫게 했지요. 살아있는 것들이 한없이 귀하다는 것을요. 여기, 바로, 지금, 살아있다는 사실이 아름답다는 생각이 들어요.

그런데 작품 제목이 왜 「두 코미디언」일까? 희극 같지 않은 삶에서 희극처럼 연기를 해야 했기 때문일까. 삶은 비극이기도 하고 희극이기도 하다. 때론 희극도 비극도 아닌 어떤 것. 비극을 비극으로 보여주지 않는 것이 삶에 대한 예의일까 아니면 삶의 진실을 기만하는 것일까? 희극배우로 살았던 수많은 시간을 건너 두 사람은 손을 꼭 잡고 무대 위에 섰다. 인생의 마지막 무대처럼 보인다. 잠시 뒤 커튼이 내려오고 무대 뒤 어디론가 사라질 사람들. 무대엔 암흑이 내려앉고 두 사람 인생을 설명하는 자막이 느릿느릿 펼쳐질 것이다.

누구나 무대 위에선 광대가 되어야 한다. 자기 삶의 광대. 비극을 비극으로 보이고 싶지 않은 자존심 같은 것이 비극을 희극화시켜 버리는지도 모른다. 호퍼 그림에 등장하는 두 사람, 관객을 위해 희극을 연기해야 했던 그들처럼 나도 끝을 알 수 없는 인생 무대에 희극 배우처럼 서 있다. 무덤덤한 일상에서 희극적인 요소를 찾아 과장된 연기를 한다. 희극이든 비극이든 동전의 양면 같은 것이고 평가는 오롯이 관객들의 몫이지 나의 몫이 아니다. 막이 내릴 때야 비로소 평생을 얽어매었던 배역으로부터 벗어나 자유를 누리게 되는 것이리라.

에드워드 호퍼 **두 코미디언**(Two Comedians) 1965년

연극이 채 끝나기도 전에 나는 비틀거릴 것이고 내 상대역이 묻는 질문에 해야 할 대답을 잊어버린 채 아무 말도 못하고 멍청하게 서 있게 되리라는 것을 알고 있다.

있어도 있지 않은 부재.

— 장 그르니에 「섬」

손바닥들의 아우성은 '여기 있음'의 상징

우리가 지니는 모든 그리움과 절망,
우리가 지니는 모든 행복감과 신뢰는
오직 하나의 명제 안에서만 보존된다.
봄의 첫 날이 그것이다.

— 베르나르 포콩

온통 연두의 계절이다. 지난겨울 나무들은 마른 가지 끝으로 하늘에 금을 내었다. 뾰족했던 나무들의 끝은 온통 연두로 뒤덮여있다. 연두와 초록으로 중첩된 나뭇잎 사이로 하늘이 보인다. 같은 장소 같은 위치에 서서 늘 같은 나무의 모습을 바라본다.

눈 내리던 겨울 메마른 가지 위로 가로등이 켜지던 나무에도 연두가 내려앉았다. 저 나무는 나보다 더 오래전부터 이곳에 있었을 것이고 아마도 나보다 더 오래 살아남을 것이다. 아래에서 위로, 나무의 밑동에서 몸통으로 나무의 끝까지 더듬어 올라간다. 나무의 끝을 좇는 새들의 날렵함에도 봄의 윤기가 스며있고 노랫소리에도 4월의 향기가 있다. 영겁의 시간 동안 나무들이 만들어내는 초록의 성찬 앞에 인간이란 얼마나 보잘것없는 존재인지, 또 얼마나 왜소한 존재인지를 새삼 실감한다.

아무것도 없는 듯, 다 죽어버린 것처럼 보이는 한겨울을 나무는 비움으로 버텨내고 이렇게 찬란한 초록을 만들어낸다. 나무 끝에서 몽실거리며 피어나는 것들은 연두이다가 연초록이다가 초록이다가 진초록이다가 그리고 어느 순간 초록을 버리고 본래의 색을 드러내고 마침내 비운다. 나무는 연두를 낳고 초록을 낳고 꽃을 낳고 열매를 낳고 무언가를 쉼 없이 낳는다. 이토록 거룩한 나무를 우러르는 것만으로도 감사한 아침이다.

벽돌 위에 미완의 꿈이 새겨져 있다.
표출되지 못한 우리 안의 것들이

토끼풀 사이 벽돌 하나가 눈에 띈다. 누군가 벽돌에 사람을 그려놓았다. 네모난 몸통에 철사처럼 가는 팔과 다리, 그리고 네모난 얼굴과 대충 그려진 머리, 상대적으로 큰 눈. 어릴 적 처음으로 연필을 쥐던 때 동그라미와 네모, 세모를 그리는 것이 가능해지면 본능적으로 사람을 그렸다. 아이들이 그린 최초의 사람은 대부분 공통적인 특징을 지닌다. 동그란 머리와 네모난 몸통 그리고 가는 선으로 단순화된 표현. 얼굴에서 귀와 코는 대부분 그리지 않는 반면 눈은 상대적으로 크게 그리고 입은 반달 모양 혹은 일자로 그려 넣는다. 무언가를 볼 수 있는 눈과 무언가를 먹을 수 있는 입, 감정을 표현하는 듯한 눈과 발화 기관으로써의 입을 상대적으로 중요한 부분으로 여기는 것인지 모른다.

동양인들은 사람의 얼굴에서 눈을 상대적으로 중요시하는 반면 서양인들은 입을 중요시 한다는 글을 읽은 적이 있다. 일본의 '헬로키티' 캐릭터는 분홍 리본, 까맣고 동그란 눈을 한 고양이 캐릭터다. 이 캐릭터가 서양에서는 그다지 인기를 얻지 못한 이유가 입이 그려지지 않아서라고 한다. 서양인들은 사람의 마음을 파악하는 수단으로 입꼬리의 움직임에 주목하는 반면 동양인들은 눈에 주목하는 경향이 있다. 동양인들에게 헬로키티의 입은 중요하지 않다. 이미 헬로키티는 까맣고 동그란 눈으로 모든 것을 말하고 있으니까. 또한 우리는 이미 그 눈에서 무언가를 읽어내었으니까….

나뭇가지로 흙바닥에 동그랗고 세모나고 네모나게 사람을 그렸던 기억처럼 아주 오래전 동굴 벽에 자신의 흔적을 남기고 싶어 했던 사람들이 있었다. 9천 년 전 생존했던 인류들이 아르헨티나의 '손 동굴'에 손바닥 도장을 남겨놓았다. 아르헨티나 파타고니아와 산타크루스 손 동굴에 있는 손바닥 모양은 손을 암벽 위에 놓고 입에 안료를 머금고 있다가 직접 손과 주변에 뿜어 제작한 것으로 추정된다. 손과 손의 환희. 손바닥들의 춤. 그들은 왜 동굴 벽에 손도장을 찍었을까? 집단 예술 행위인지 사냥감을 그린 벽화들처럼 주술적, 기록적 의미인지 후대의 우리는 알 수 없다. 붉은 안료로 바위에 찍힌 수많은 손바닥들은 '저요 저요'하며 손을 드는 교실의 아이들처럼 '여기 있음'을 표현하려는 몸짓처럼 보인다. 벽면 가득 중첩된 손바닥들의 아우성이 어떤 유명한 화가의 작품보다 더 가슴에 와닿는 이유는 바로 곁에서 "나 여기 있어요."라고 외치는 그들의 환희에 찬 목소리가 들려오는 것 같아서다.

벽돌에 그려진 사람의 모습과 아르헨티나 손 동굴에 찍힌 수많은 손바닥들은 생존의 기록이면서 발화되지 못한 몸의 목소리들이다. 연두의 계절, 토끼풀 사이에 놓인 벽돌 그림을 오래도록 바라보며 멀리서 들려오는 이야기들을 듣는다. 나보다 더 오래 이 공원을 지켜 온 커다란 나무 아래 앉아

아르헨티나 손 동굴벽화 아르헨티나 리오 핀두라스

누군가가 그려 놓은 벽돌 그림 앞에서 토끼풀을 만지작거리며 동굴 벽에 어떤 형태로든 흔적을 남기려 했던 구석기인이 되어본다. 오랜 세월 동안 동굴 벽에 박제된 존재의 외침들, '여기 있음'이라는 존재의 몸부림 앞에 자꾸만 마음이 뜨거워진다.

절박한 환희, 낯선 익숙함,
잊히지 않는 세상의 모든 처음들, 어떤 그리움들,
당신과 나와 그들의 시간들, 빛의 환희들,
그리고 언젠가는 사라질 세상의 그 모든 것들.

시메르를 지고 간다

자기 안에 가만히 머물러 있는 것이
왜 이렇게 견디기 어려운 것일까.
어차피 사람은
자기 밖으로 나가야만 한다.
자신을 버려 두고 가든지
자신을 끌고 가든지

— 요시노 히로시 「달팽이」 부분

막막한 잿빛 하늘 아래, 길도, 잔디도, 엉겅퀴 한 포기도, 쐐기 풀 한 포기도 없이, 먼지로 뒤덮인 막막한 벌판에서, 나는 몸을 구부리고 걸어가는 사람들을 숱하게 만났다. 그들은 저마다 커다란 시메르를 한 마리씩 등에 짊어지고 있었으니, 무겁기가 밀가루나 석탄 부대, 또는 로마제국 보병의 군장 못지않았다.

그런데 이 괴물 짐승은 생명 없는 하중이 아니라, 오히려 그 탄탄하고 억센 근육으로 사람을 덮어 누르고 있었다. 나는 그 가운데 한 사람에게 질문을 하였던바, 어디를 이렇게 가고 있느냐고 물었다. 그는 전혀 알지 못한다고, 자기도 다른 사람들도 그에 관해 아는 것이 없다고, 그러나 걸어가려는 거역할 수 없는 욕구에 쫓기고 있는 것으로 보아 분명히 어디론가 가고 있다고 대답했다. 이 나그네들 가운데 어느 누구도 제 목에 매달리고 제 등에 엉겨 붙어있는 이 흉포한 짐승에 대해 분노하는 모습이 아니었으니, 이 짐승이 자기 자신의 일부를 이루고 있다고 여기는 것이 아닌가 싶었다.

— 샤를 보들레르 「저마다 시메르를」 부분

시메르는 그리스 신화에 등장하는 상상의 동물로서 '공상'이나 '망상'을 뜻한다고 한다.

히타이트의 전설 신화에서는 계절을 상징하는 신성한 성

고야 **로스 카프리초스** no. 42 (1797~1799년)

수로 나오며 사자가 봄, 염소나 산양이 여름, 뱀이 가을과 겨울을 상징한다. 시메르의 세 머리는 각각 독자적인 학습, 자아, 의지, 기억, 습성, 성격, 생각, 마음, 감정, 가치관 등을 갖고 있어 머리 간의 의견 충돌 싸움이 자주 일어났다고 한다.

저마다 자신의 시메르를 지고 있다. 사자와 염소(양), 뱀(이무기)이 한 몸에 공존하는 시메르를 등에 지고 이 무거운 짐승을 지고 어디로 가느냐는 물음에 전혀 알지 못한다고 대답한다. 어떤 거역할 수 없는 욕구에 쫓기는 사람들처럼 어느 누구도 제 등에 엉겨붙은 짐승에 대해 분노조차 하지 않는다니 시메르에 길들여진 셈이다. 자신이 알지 못하는 사이 등에 엉겨붙은 시메르와 떼려야 뗄 수 없는 관계가 되어버려 적의조차 품지 못하고 받아들일 수밖에 없게 되었다.

사자 시메르는 강해질 것을 요구하고 양이나 염소 시메르는 받아들임을, 뱀의 시메르는 능수능란한 처세를 요구한다. 강함 힘과 수용력, 거기에 능수능란한 처세까지 갖춘다면 시메르를 진 사람들은 천하무적이 될 것 같지만 실은 그중 어느 하나도 제대로 능력을 발휘하기 어렵다. 시메르를 지고 아무 저항 없이 걷고 있는 사람들의 모습에서 때로는 사자가 때로는 염소나 양이 때로는 뱀의 얼굴이 보인다.

이른 아침 산책길에 만난 이름 모를 풀도 자신만의 시메르를 지고 있었다. 어린 풀 그림자가 내 눈에는 풀의 시메르

시메르, 키마에라, 카이메라

* 시메르

그리스 로마 신화에 나오는 괴물로 티폰과 에키드나의 딸이다. 머리와 발 다리는 사자, 몸통과 사자의 목 근처에 있는 머리는 염소(또는 양), 꼬리는 머리가 달린 뱀(이무기, 용)으로 되어 있다. 발음에 따라 키마에라, 키메이라 또는 카이메라 (Chimera)라고 불리는데 프랑스에서는 시메르(Chimère)라고 부른다.

처럼 보였다. 사자와 염소, 뱀의 형상이 풀 그림자 어딘가에 존재할지도 모른다. 시메르를 지고 있는 풀은 어딘지 모르게 강해 보였다.

발걸음을 멈추게 하는 것들은 반드시 크고 강한 것이 아니다. 부서질 듯 연약한 그러나 고독한 종교와도 같은 풀의 직립, 풀은 보도블록 틈과 틈 사이에 뿌리를 뻗어가며 쉼 없이 걷고 있다. 한여름의 햇살 아래 얼굴을 내미는 연초록의 당당함. 자세히 보는 이 아무도 없어도 그 작은 틈에 풀이 살아가는 세계가 있었다.

다시 풀 그림자를 바라본다. 평소에는 보이지 않던 풀의 시메르. 회색 틈을 뚫고 직립한 작은 풀이 자기 몸집보다 훨씬 큰 시메르를 끌고 생의 어딘가를 향해 무한 전진 중이다.

풀은 저마다의 시메르를 지고 생의 어딘가를 향해 무한 전진 중이다.

얼마 지나지 않아 흔적조차 없이 사라질지도 모를 연약한 풀 앞에서 김수영의 시 「풀」을 생각한다.

> 풀이 눕는다.
> 바람보다 더 빨리 눕는다.
> 바람보다 더 빨리 울고
> 바람보다 먼저 일어난다.
> …
> 바람보다 늦게 누워도
> 바람보다 먼저 일어나고
> 바람보다 늦게 울어도
> 바람보다 먼저 웃는다.
> …
>
> ― 김수영 「풀」 부분

세상 어디든 뿌리내리고 살아가는 세상의 모든 풀들에게 눕고 울고 마침내 웃는 일은 중요하다.

회색 동그라미 안의 풀은 인간이 만든 경계 내에서 생존 투쟁 중이다. 그 작은 틈에서 자신만의 하늘을 이고 자신만의 우주를 세우는 거룩한 담대함을 지닌 그들을 단지 나는 '풀'이라 부르지만 그들은 어느새 회색의 경계를 무너뜨린다. 풀은 더 이상 연약하지 않다. 발밑까지 누워도 바람보다 먼저 일어날 테니까. 바람보다 늦게 울어도 바람보다 먼저 웃을 테니까.

실패하였는가?
그렇다면 더욱 성공하는 것이다

우리가 마음에 품고 있는 '나의 이야기'는 과거에 수집한 돌들의 끊임없는 분류이다. 우리의 존재가 무겁게 느껴지는 것은 그 돌들과 자신을 동일시하기 때문이다.

— 류시화 『새는 날아가면서 뒤돌아보지 않는다』

조각가 **알베르토 자코메티**

현대인의 불안과 고독을 가장 치열하게 파고든 조각가 알베르토 자코메티. 그의 작품 대부분은 바스러질 것 같은 가느다란 형체, 비정상적으로 긴 팔과 다리, 군더더기 없이 거칠고 앙상한 뼈대로 구성되어 있다. '걷는 것이 바로 존재하는 것'이라 생각한 그는 무게감 없이 걷는 존재의 가벼움에 집중하였다. 정지되어 있으나 여전히 걷는 것처럼 보이는 조각상은 직립의 삶을 유지하기 위해 쉬지 않고 움직여야만 하는 현대인의 자화상처럼 보인다.

자코메티의 조각상은 바라보는 거리와 각도, 조명에 따라 느낌이 달라진다. 어느 각도에서 바라보느냐에 따라 10㎝의 작은 조각상이 공간을 꽉 채울 정도로 거대한 작품으로 다가오기도 한다. 바라보는 이에 따라 다양한 의미로 해석되기를 바라는 의중이 읽힌다. 자코메티는 엄청난 부와 국제적 명성에도 불구하고 몽파르나스에 있는 7평 남짓 작은 작업실에서 삶과 죽음의 경계를 고민하며 작품 활동을 계속했다. 은과 동, 물질에 불과하던 것들이 그의 손을 거쳐 형형한 눈빛을 지닌 존재로 다시 태어났다. 세상에 대한 질주, 외침이나 절규, 독백, 대답을 바라지 않는 질문들이 그의 작품의 메타포다.

최고 경매가를 기록한 그의 대표작 「걷는 사람」은 메마른 얼굴, 어딘가를 응시하는 눈빛, 진행 방향으로 기울어진 상체, 최대한 보폭을 넓힌 걸음걸이는 멈추지 않고 끝없이 어디론가 가야만 한다는 의지의 표상처럼 보인다. "결코 걷고 있지 않아도 가장 멀리 갈 수 있는 사람"이라는 사르트르의 찬사가 빈말이 아님을 알 수 있다. 어디론가 움직여야 한다는 것을 알면서도 행동이 따르지 않을 때, 혹은 답보 상태에 빠진 느낌이 들 때면 청동 인간의 고독한 얼굴과 거침없는 걸음걸이를 떠올린다. 아무것도 소유하지 않은 것처럼 보이는 청동 인간의 등에는 삶이라는 짐이 얹혀 있을 것이다.

정지된 그러나 정지되어 있지 않은 청동 인간은 늘 걷고 있다. 살아있는 동안 직립인인 우리는 두 발로 대지를 딛고, 두 다리를 최대한 벌리고 두 팔을 흔들며 빳빳이 고개를 쳐들고 저마다의 생으로 전진한다. 세상의 언어를 해석해가며 내 안의 것을 내어놓기도 하고 세상의 것을 받아들이기도 하면서 목적지를 향해 걷고 또 걷는다. 걸어온 길을 돌아보며 앞으로 가야 할 길을 가늠해본다. 언젠가 걷고 싶어도 걷지 못하게 될 날이 올까 두려워하면서 걸을 수 있는 한 세상 끝까지 걷고 싶다는 희망을 품는다.

어느 순간 세월의 무게와 삶의 무게는 상체를 기울어지게 만들고 고개를 수그리게 하고 어깨를 왜소하게 만든다. 눈빛을 수시로 흔들리게 하고 두려움과 불안 속에 생각은 길을 잃고 방황하게 한다. 두 눈이 더 이상 무언가를 응시할 수 없게 되는 날, 더 이상 두 발로 걸을 수 없게 되는 날 대지와 몸은 수평이 된다. 갈등과 번민마저도 대지에 파묻혀버릴 그날은 우리가 영원히 직립을 포기할 수밖에 없는 날이 될 것이다.

다시 자코메티의 「걷는 사람」을 응시한다. 간결하다 못해 초라하기까지 한 군상들은 모든 것이 과잉인 이 시대에 무슨 말을 하려는 것일까? 정보와 물질, 노동과 지식, 자본의 과잉 시대에 과잉은 또 다른 과잉을 불러내고 있다. 자코메티의 조각상들은 과잉의 시대에 결핍을, 채움의 시대에 비움을 이야기하고 있다. 넘치는 것들 사이에서 무언가를 끊임없이 비워내는 행위는 과잉을 향해 질주하는 우리의 발걸음을 멈추는 신호가 되기도 한다.

조각가로서 자신이 “매일 죽고 다시 태어나듯 자신의 조

알베르토 자코메티 **걷는 사람**(Walking Man) 1960년

각들도 매일 죽고 다시 태어날 것"이라는 그의 말처럼 걸을 수 있는 한 우리도 날마다 다시 태어났으면 좋겠다. 걷는 사람은 비, 바람, 눈, 구름을 탓하지 않으며 오직 자신의 팔과 다리, 의지를 믿으며 전진한다. 걷는 사람에게는 매 순간이 시작의 순간이며 태어남의 순간이다. 어디로 가야 하며 끝이 어딘지 알 수 없지만 직립하는 한 계속해서 걸어야 하는 것이 인생일 것이다. 그리 생각하면 우리의 존재 의미는 대지와 수평이 되는 날까지 지치지 않고 끝없이 걷는 데서 찾을 수 있지 않을까?

> 우리는 걸어가는 사람, 실패하였는가? 그렇다면 더욱 성공하는 것이다. 모든 것을 잃었을 때 포기하는 대신에 계속 걸어 나아가야 한다. 좀더 멀리 갈 수 있는 가능성의 순간을 경험할 때 비로소 무언가 새로운 것이 시작될 것이다. 당신과 나 그리고 우리는 계속 걸어야만 한다.

알베르토 자코메티의 목소리가 들려오는 것 같다.

허기와 결핍이 없는 삶은 행복할까

모든 진리를 가지고 나에게 오지 말라
내가 목말라 한다고 바다를 가져오지는 말라
내가 빛을 찾는다고 하늘을 가져오지는 말라
다만 하나의 암시, 이슬 몇 방울, 파편 하나를 보여달라

— 올라브 H. 하우게

해학과 풍자, 익살이 넘치는 풍속화를 주로 그린 피터 브뤼헐의 「게으름뱅이의 천국」은 플랑드르 지역에 전승된 이야기와 관련 있는데 중세 유럽인들이 이상향으로 꿈꾼 '코카인(cockaigne)' 즉 아무 일도 하지 않아도 원할 때마다 끝없이 음식이 나오는 미식, 사치와 환상의 나라를 배경으로 하고 있다.

그림 중앙에는 식탁처럼 생긴 나무 한 그루가 있고 긴 창과 쇠장갑을 놓고 자고 있는 붉은 옷을 입은 군인, 책을 옆에 두고 큰대자로 누워 있는 귀족, 도리깨 같은 농기구를 깔고 잠든 농부, 계급을 대변하는 세 남자가 취한 듯 잠들어 있다. 아무 걱정 없이 배부르게 먹고 잠든 이들에게 계급이란 무의미해 보인다. 허리에 칼을 찬 돼지, 발 달린 계란, 소시지 울타리, 빵으로 된 지붕, 새하얀 우유로 가득 찬 강, 먹을 것이 지천으로 널려있다.

피터 브뤼헐은 왜 작품의 제목을 '게으름뱅이의 천국'이라 하였을까? 전혀 천국 같지 않은 천국의 모습이다. 어떤 이는 당시 빈곤한 현실과는 정반대로 먹을 것이 풍족하길 바라는 소망을 담았다고 하고 또 어떤 이는 플랑드르 지역의 풍족한 현실을 보여주면서 과도한 욕망과 게으름을 경계하라는 의미를 담았다고 말한다.

세 사람이 잠에 취해 내려놓은 농기구와 책, 무기는 밥벌이 수단이면서 밥벌이 이상의 것이기도 하다. 밥벌이를 고

피터 브뤼헐 **게으름뱅이의 천국**(The Land of Cockaigne) 1567년

민하지 않아도 되는 세상은 천국일까? 사람들이 먹는 욕구를 충족한 것만으로 행복하다고 할 수 없을 것이다. 피터 브뤼헐의 그림 속에 등장하는 이곳에서는 어느 누구도 행복에 대한 욕망을 품지 않는다. 넘치는 것들, 채워진 것들은 더 이상 어떤 동기를 부여하지 못한다.

허기와 결핍이 없는 사람은 행복하다고 할 수 있을까? 저마다 욕망의 한계치가 달라서 채워지지 않는 허기의 강도와 결도 다를 것이다. 결핍과 허기는 우리가 끊임없이 무언가를 할 수 있는 동력이다. 굶주림과 빈곤이 이어져 살기 위해서 무엇이든 먹어야만 하는 현실이라면 칼을 차고 도망치는 돼지, 발 달린 달걀이라도 붙잡아야하고 소시지 울타리, 빵으로 된 지붕, 우유로 채워진 강은 금세 사라져버릴 것이다.

게으름뱅이 천국에서는 어느 누구도 행복해 보이지 않는다. 어쩌면 살기 위해 끊임없이 무언가를 하는 곳, 의무와 당위에 짓눌려 고단하기만 한 이곳이 천국일지도 모른다. 끝없이 빵을 만들어야 하고 소시지를 구워야 하고 땅을 갈아야 하고 무기를 들어야 하고 책을 읽어야 하고 자신의 능력 범위 내에서 할 수 있는 일들을 무한 반복해야 하는 바로 이곳에서 도리어 존재 의미를 찾을 수 있을 테니까.

르 클레지오는 『허기의 간주곡』에서

그 시절의 허기는 지금도 내 안에 있다. 나는 그 허기를 잊을 수가 없다. 그것은 강렬한 빛을 발하면서 내 어린 시절을 잊지 못하게 한다. 그런 허기를 겪지 않았더라면 아마도 그 시절, 모든 것이 부족했던 그 기나긴 세월에 대한 기억을 간직하지 못했으리라.

라고 적고 있다. 그의 말처럼 사람들은 대부분 몸안에 자신이 거쳐 온 허기를 품고 사는지도 모른다.

항상 나는 무언가에 허기졌다. 내게 주어진 그 어떤 역할들도 허기를 채워주지 못하였고 채워진 것처럼 보이지만 실은 채워지지 않은 것들은 끝없이 나를 괴롭혔다. 허기졌기에 채우고 싶었지만 채우지 못하였기에 더 허기졌다. 자주 허기를 느낀다는 것은 욕망의 임계치가 크다는 의미인지도 모르지만 허기를 느끼면서도 막상 무언가가 채워지면 채워진 것들로부터 달아나고 싶은 묘한 이중성에 사로잡혀 있었다. 그러함에도 단 하루도 게으를 수 없는 것은 어떤 결핍과 어떤 허기들이 끝없이 나를 밀고 가기 때문일 것이다. 그리 생각하면 나는 행복한 사람이다. 결핍되어 있기에 도리어 행복한 사람, 항상 허기지기에 무언가를 채울 수 있는 사람 말이다.

태어날 때의 울음을 기억할 것

태어날 때의 울음을 기억할 것
웃음은 울음 뒤에 배우는 것

— 김선우 「고쳐 쓰는 묘비」 부분

태어나는 순간 아기들은 울음을 터뜨린다. 아기들의 울음은 우리가 흔히 생각하는 울음과 다르다. 서러움이나 한이 개입된 울음이 아니라 자발적인 폐호흡을 알리는 첫 신호이면서 자궁 안에서 살던 환경과 다른 환경에 던져지면서 느끼는 불안감의 표현이라고도 한다. 웃으면서 태어나는 아기는 없다. 시인은 태어날 때의 울음을 기억하라고 한다. 웃음이란 울음 뒤에 배우는 것이라고

> 당신이 태어났을 때
> 그대는 울었고 세상은 기뻐했다
> 그대가 죽었을 때는
> 세상은 울고 그대는 기뻐할 수 있는 삶을 살라.
>
> — 체로키족

체로키족 인디언 말처럼 세상에 태어나던 날 울지 않은 이는 아무도 없다. 울면서 태어난 아기에게 사람들은 웃으며 축하를 보낸다. 세월이 흘러 죽음의 문턱에 이를 때 사람들은 슬퍼하며 울음을 터뜨린다.

처음에는 웃고 나중에는 울게 되는 것과 처음엔 울었지만 나중에는 웃게 되는 두 가지 선택지가 있다면 아마도 대부분 후자를 선택할 것이다. 우리는 모두 울면서 세상에 던져졌다. 울음은 삶을 고뇌로 인식하는 최초의 신호이면서 살

아가야 할 세상 속에 존재자로서의 첫 고백일 것이다.

세상살이는 내 의지대로 되지 않기에 가끔은 포커페이스가 필요하다. '포커페이스'는 포커 용어로 '아무것도 드러내지 않는 무표정한 얼굴'이다. 얼굴에 희로애락을 드러내지 않으며 살아가는데 익숙한 사람들이 태어날 때의 울음을 기억해야 하는 이유는 무엇일까?

살아가면서 어느 순간 내 안에 울음을 가두어버렸다. 누군가의 앞에서 운다는 것은 어리석은 짓처럼 여겨졌기 때문이다. 하지만 울음을 가둔다고 가두어지는 것은 아니기에 포커페이스 뒤에 숨어 날마다 마음껏 울고 있는지도 모른다.

겉으로 우는 이와 마음으로 우는 이, 누구의 눈물이 더 순도 높은 것인지 말할 수 없지만 누군가의 앞에서 눈물 흘리는 이의 얼굴은 진실해 보인다. 울 수 있다는 것, 울어도 된다는 것, 울어도 괜찮다는 것. 두 줄기 눈물이 만들어 낸 선은 순결하고 정직해 보인다.

초등학교 5학년이던 H를 수업에서 처음 만났던 때 H에게서 어린 날의 나를 보았다. H는 실수하는 것을 용납하지 않았다. 필통 속의 필기구는 늘 가지런했고 노트필기는 논리 정연했다. 평소보다 수업에 늦게 온 H가 눈을 마주치지 않으려 고개를 숙이고 있었다. 동그란 안경에 두 줄기 물줄기가 남아 있었다.

"제 설움에 우는 거예요."

초등학교 5학년 아이의 입에서 흘러나오는 '설움'이란 말이 가슴을 후비고 지나갔다. 안경에 선명한 두 줄기 흔적을 남긴 H의 설움은 대체 무엇일까. "제 설움에 운다는 말"이 내 안의 설움을 돌아보게 한다. 태어날 때 우리는 어쩌면 몸 안에 평생 쓸 눈물을 가지고 태어나는지 모른다. 정량화할 수 없는 설움도 이미 가지고 태어나는 것이 아닐까. 지금 내 안의 눈물 저장고에는 눈물이 어느 정도나 남아있을까?

눈물은 세상에서 가장 작은 바다라고 한다. 눈에는 늘 어느 정도의 물기가 어려 있고 조금만 눈을 자극해도 여지없이 눈물이 흘러내린다. 운다고 세상일이 달라질 리 없다. 운다고 내 안에 여전히 살고 있는 작은 아이의 설움이, 잠복해 있는 설움이 사라질 리 없다.

오래전 10월 어느 날, 밤늦은 시간에 울음을 터뜨리며 세상에 온 여리고 부서지기 쉽고 예민한 아기의 울음을 기억하는 일, 아무것도 모른 채 세상에 던져진 어린 아기의 울음을, 웃음은 울음 뒤에 온다는 단순한 진리를 기억하고 싶을 뿐이다.

세상에 존재하는 모든 울음들의 이름을 알 수 있을까? 시간의 울음소리와 동물들의 울음소리, 사물들의 울음소리….
밤의 침묵 속에서 들려오는 바람 우는 소리가 포효하는 것처럼 들려오던 때가 있었다. 공중전화기로 누군가의 목소리와 함께 들려오던 바람 울음소리엔 늦가을 은행나무의 울음도 묻어있었다.

세상의 모든 흐느낌은 바람 우는 소리를 닮았다. 태어날 때의 울음을 기억하고 있기 때문일까. 벌거벗은 채 세상에 던져진 우리는 울음으로 발화하였고 또다시 벌거벗은 채 어딘가로 사라질 우리는 가슴에 울음을 품고 간다. 깊은 밤, 창문을 두드리며 바람이 우는 것은 잠재우지 못한 세상의 울음들을 대신하는 것이리라.

나는 욕망한다
그러므로 나는 존재한다

욕망하는 일은 우리 안의 불꽃을 지켜가는 일

무한히 수축하고 팽창하며, 죽으면서 동시에 성장하고, 없음에 대한 희망과 있음에 대한 절망 사이에서 흥분하며, 향기와 독약을 마시고, 사랑과 증오로 불타오르며, 빛과 그림자로 인해 짓눌려 그로테스크한 미소를 짓는 야수, 그것이 바로 나다.

— 에밀 시오랑

욕망한다는 것은 무엇일까? 욕망한다는 동사 앞에 붙어야 할 말들은 사람이기도 하고 사물이기도 하고 꿈이기도 할 것이다. '나는 당신을 욕망한다.' 혹은 '나는 나를 욕망한다.' 많은 관계 속에 욕망한다는 말은 붙이면 자칫 관능적인 의미로 받아들여진다. '돈을 욕망한다.' '땅을 욕망한다.'라고 하면 물질에 대한 탐욕처럼 들린다. 이루고 싶은 꿈들, 이루어야 할 것들을 욕망한다고 쓰면 집착처럼 들린다. 아마도 그것은 욕망이라는 단어가 주는 욕망스러운 느낌 때문일 것이다.

욕망이란 단어는 원초적이고 끓어오르는 것을 연상시킨다. 돌아보면 얼마나 오랫동안 무엇을 어떤 방식으로 욕망하며 살아왔는지 잘 모르겠다. 대개는 욕망하는 것들을 저 아래 깊은 곳에 감추고 적당한 선에서 타협해 버린 경우가 많았다. 마음껏 욕망하고 싶어도 타인의 시선 때문에 욕망을 드러내지 못하는 경우도 있었고 억압된 욕망이 엉뚱한 형태로 표출되어 당혹스러울 때도 있었다. 어린 시절 나는 마음껏 욕망하지 못하였다. 바른 아이여야만 했고 어른들이 만들어 준 욕망의 크기에 나를 맞춰야 했다. 감히 내가 바라는 욕망을 이야기하거나 어떤 욕망의 임계치를 생각하는 것은 불온한 것처럼 여겨졌다. 제어된 이성으로 욕망을 누르고 살아가는 것은 위선이 아닐까?

『그리스인 조르바』에서 조르바는 버찌가 눈앞에 아른거려 도저히 먹고 싶은 욕망을 잠재울 수 없다면 구역질 날 정도로 버찌를 먹어서 두 번 다시 버찌에 대한 욕망을 품게 하지 않는 것이 최선의 방법이라 했다. 욕망을 해소하는 방법이 그 욕망을 과포화 상태로 실행하는 것이라는 조르바식 해결법은 무모하다. 그러나 해소되지 않은 욕망에 한없이 끌려다니는 것보다는 어쩌면 나은 선택인지도 모른다.

넘치는 것들, 끓어오르는 것들, 욕망하는 것들을 표출할 수 있는 한 나는 존재하고, 무언가를 끊임없이 욕망할 수 있다는 것은 살아있다는 반증이다. 그러하기에 내 안의 뜨거운 무언가가 식어가고 소멸하는 날이 올 때까지 무한 욕망하며 살고 싶다. 사람은 저마다 타오르는 불꽃을 하나씩 품고 태어난다. 우리가 죽어가는 것은 우리 안의 불꽃이 꺼져버렸을 때가 아닐까. 육신의 죽음이 오기 전 우리 안의 어떤 것, 우리 안의 불꽃이 사그라드는 것, 피어보지도 못하고 소멸해버리는 것에 저항해야 한다. 하늘 저 멀리 누군가가 모닥불을 켜 두고 그들만의 불꽃을 지키듯 우리 안의 불꽃을 지켜가는 일, 우리 안의 불꽃이 스스로 일어나 춤을 추게 하는 일은 중요하다.

'나는 욕망한다. 그러므로 나는 존재한다.'

무언가를 욕망할 수 있다는 것은 아직 삶에 욕심을 부릴 용기가 있다는 남아있다는 의미일 테니까. 욕망하는 한 나는 여전히 존재해왔고, 여전히 앞으로도 그러할 것이다. 욕망하고 싶다. 그것이 무엇이든….

제 2 부

존재의 자국들

그리움과 충만한 허무,
순수함이 머무는 곳

내가 보는 것과 내가 말하는 것
내가 말하는 것과 내가 침묵하는 것
내가 침묵하는 것과 내가 꿈꾸는 것
내가 꿈꾸는 것과 내가 잊는 것, 그 사이

— 옥타비오 파스

열아홉 번째 사랑의 방과 헤테로토피아

모든, 닿을 수 없는 것들을 사랑이라고 부른다. 모든, 품을 수 없는 것들을 사랑이라고 부른다. 모든, 만져지지 않는 것들과 불러지지 않는 것들을 사랑이라고 부른다. 모든, 건널 수 없는 것들과 모든, 다가오지 않는 것들을 기어이 사랑이라고 부른다.

— 김훈 『바다의 기별』

베르나르 포콩은 사진을 찍는 작가가 아니라 사진을 만드는 작가다. 흔적, 잔해, 부재의 광경으로서의 생명, 빈방에 남겨진 만남의 자취 등을 어떤 특수 효과도 사용하지 않고 사진 속에서 구현한다. 작품 속에서 모든 것을 말하고 모든 것을 노출시켜 우리 안에서 잊힌 오래전 기억을 끄집어낸다.

베르나르 포콩의 「열아홉 번째 사랑의 방」에서 눈을 뗄 수 없었다. 자기 이외의 모든 장소에 맞서는 일종의 '반反 공간(contre-espces)', 우리가 사는 일상적인 공간에 신화적이고 실제적인 이의를 제기하는 반공간으로서의 헤테로토피아가 그곳에 있었기 때문이었다. 「열아홉 번째 사랑의 방」에서는 일상의 시간이 아닌 이질적인 시간이 흐르는 것만 같았다.

베르나르 포콩의 「열아홉 번째 사랑의 방」에 사랑을 나눌 사람들은 부재하다. 살아있는 꽃이 아닌 목 꺾인 꽃들이 마지막 절정을 위해 시트 위로 기어오르고 있다. '열아홉 번째'라는 말이 사랑하는 이의 나이인지, 사랑의 횟수인지, 말 그대로 여러 개의 사랑의 방 프로젝트 중에서 열아홉 번째라는 말인지 알 수 없다. 베르나르 포콩이 어떤 의도에서 열아홉 번째 사랑의 방이라 하였든 「열아홉 번째 사랑의 방」은 지나간 흔적과 그리움과 충만한 허무, 순수의 시간, 상실과 욕망을 보여준다. 만일 '열아홉'이 나이를 상징한다면 스물이 되기 전 십 대의 마지막 사랑에 폐허를 끌어온 의도가 궁금하다. 폐허가 된 집, 아무도 살지 않는 이곳이 열아홉 번째 사랑의 방이라니, 열아홉 나이에 어울리는 사랑의 방인지, 열아홉 번의 사랑을 나눈 방인지….

벽지 하나 발라지지 않은 연베이지색 시멘트벽, 네모난 유리창에 낡은 커튼 하나가 걸려 있다. 다행히도 창문을 통해 빛이 쏟아져 들어오고 있다. 아주 오래전 누군가가 누워 있었을, 혹은 누군가들이 몸을 섞었을지도 모르는 낡은 시트. 베개도 이불도 없다. 한때 달궈진 육체들의 완충지였을 시트는 움푹 파여 낡은 비포장 도로처럼 보인다. 시트 위에 드러누운 새빨간 파리채는 그곳에 사람이 존재했음을 극명하게 보여주는 사물이다. 장판 하나 깔리지 않은 맨바닥엔 동전들이 흩어져있다. 흩뿌려진 동그란 금속 쪼가리들은 교환의 가치를 상실한 무기력의 얼굴들이다. 눈에 보이지 않는 사랑을 눈에 보이는 동전 따위로 교환할 수 없다는 표현처럼 보인다. 열아홉 번째 사랑의 방에 열아홉 번째 사랑은 부재중이고 은빛 동전만 남았다.

들판의 기억을 품고 있는 야생화들을 담아놓은 화병은 지나치게 작다. 야생을 감당할 수 없어 드러누운 화병을 뒤로하고 반쯤 말라버린 야생화들이 빛바랜 시트를 향해 돌진한다. 금 간 벽에 걸린 것은 불가사리의 꿈인가? 아니면 붉은 단풍잎의 기억인가? 박제된 불가사리처럼도 보이고 거대한 마른 잎사귀처럼도 보이는 '이것'은 멈춰있지만 끝없이 움직이고 있는 방에서 시계를 대신하고 있다. 이질적인 시간들이 멈춤과 흐름을 기계적으로 반복하고 있다.

> 모든 것이 여름에 시작된다. 여름에는 바닥이 있어 우리는 그곳으로 내려가 그곳을 받침대로 삼아 모든 그리움을 뒤로하고 새로움을 찾아 나설 수 있다. 한 사랑이, 한 작품이 여름에 시작된다. 나는 유월의 마지막 주를 열렬히 사랑한다.
>
> 마침내 유월의 마지막 주가 오고, 사람들은 더이상 어찌할 바를 모른다. 모든 여름들의 충족된 허기, 충족되지 못한 허기가 맹공격을 해온다. 원컨대, 다시 한 번 자신을 불태울 수 있었으면, 두 눈을 감고 여름 꿈을 속살대는 향수 속으로 투신할 수 있었으면….
>
> — 베르나르 포콩 『사랑의 방』 / 마음 산책

「열아홉 번째 사랑의 방」에서 사랑이 이루어지는 헤테로토피아를 보았다. 폐허였고 낡음이었고 삭막함이었지만 화병 안에 갇히기를 거부하며 기를 쓰고 시트를 향해 움직이는 목 꺾인 야생화들에서 살아있는 희망을 보았다. 베르나르 포콩의 말처럼 충족된 허기와 충족되지 않은 허기가 모두 그곳에 있었다.

이미 사랑은 가고 없어도 끊임없이 사랑이 복기되는 곳, 사랑의 실험이 진행되는 헤테로토피아. 무제한 햇살이 비춰 들어오는 허무의 사랑 실험소를 오래도록 바라보고 싶었다. 모든 것은 여름에 시작되고 그 여름에는 바닥이 있어 그곳으로 내려가 그곳을 받침대 삼아 다시 시작할 수 있다면 그 여름을 열아홉 번째 사랑의 방에 붙잡아 둘 것이다. 그리하여 그곳에서 모든 것을 다시 시작할 것이다. 이미 지나버린 것일지라도….

나는 지금
헤테로토피아로 가는 입구에 서 있다

그것은 당연히 정원의 깊숙한 곳이다. 그것은 당연히 다락방이고, 더 그럴듯하게는 다락방 한가운데 세워진 인디언 텐트이며, 아니면 목요일 오후 부모의 커다란 침대이다. 바로 이 커다란 침대에서 아이들은 대양을 발견한다. 거기서는 침대보 사이로 헤엄칠 수 있기 때문이다. 이 커다란 침대는 하늘이기도 하다. 스프링 위에서 뛰어오를 수 있기 때문이다. 그것은 숲이다. 거기 숨을 수 있기 때문이다. 그것은 밤이다. 거기서 이불을 뒤집어 쓰고 유령이 되기 때문이다. 그것은 마침내 쾌락이다. 부모가 돌아오면 혼날 것이기 때문이다.

— 미셸 푸코 『헤테로토피아』(문학과 지성사, 2014)

미셸 푸코는 사회 안에 존재하면서 유토피아적 기능을 수행하는 현실화된 유토피아적인 장소를 '헤테로토피아'라 정의했다. 헤테로토피아는 다른 온갖 장소들에 이의를 제기하고 전도시키며 실제적 위치를 한정할 수 있지만 모든 장소의 바깥에 있는 장소들이라 할 수 있다.

계절의 점이지대에 서 있다. 시작과 끝, 만남과 헤어짐, 익숙함과 낯섦. 설렘과 두려움, 머무름과 나아감, 절망과 희망, 비움과 채움, 가능과 불가능, 사라지는 것들과 사라지지 않는 것들, 결핍된 것들과 충족된 것들을 시간의 플랫폼에서 하나하나씩 끌어내고 있다.

문득 유년의 새하얀 종이배들이 망막에 스쳐 간다. 아직은 시린 3월의 바람에 볼 붉어진 소녀가 되어 종이배를 쫓아 달리고 있다. '뽕뽕 다리'라 불리던 커다란 철제 다리 아래로 봄이 재잘대며 흐르고 있었다. 공책 한 장을 찢어 대충 접은 종이배 하나. 물살을 따라 흘러 내려가는 종이배를 쫓아 달렸다. 종이배가 나를 앞질러서 때론 내가 종이배를 앞질러서.

튀어나온 돌부리에 걸려 좌우로 흔들리기만 하던 종이배를 다시 흘러가게 하려고 커다란 돌멩이를 '풍덩' 던졌다. 종이배는 잠시 허둥대다가 흘러 내려갔다. 가끔은 돌멩이를 던져 아무리 물살을 바꿔주어도 그 자리에 꼼짝없이 멈춰버린 종이배들도 있었다. 실망감이 밀려왔다. 아마도 그것은 종이배가 물살을 따라 흘러가지 못함에 대한 실망이라기보다는 종이배를 쫓아 달리지 못함에 대한 실망이었을 것이다. 종이배를 남겨두고 돌아오는 길, 흐르는 물위로 쏟아지던 봄 햇살은 눈부셨다.

가스통 바슐라르는 『물과 꿈』에서 자신의 유년 시절을 이렇게 묘사한다.

> 나의 즐거움은 아직도 시냇물과 동무가 되어 둑을 따라 바른 방향, 즉 인생을 어딘가 다른 곳, 말하자면 이웃 마을 쪽으로 인도하는 물의 흐름을 따라 걷는 것이다. 나의 '다른 곳'은 그렇게 멀리 가지 않는다.

인생의 어느 '다른 곳'을 쫓아 달리지만 그의 말처럼 '다른 곳'은 그렇게 멀지 않았다. 설령 그 '다른 곳'이 멀었다 하더라도 끝까지 달리지는 못하였을 것이다.

아래로 줄기차게 흔들리며 내려가던 종이배들도 어딘 가에선 분명 멈추었으리라. 표류하거나 좌초되었거나, 물살에 운명을 맡긴 종이배들. 고사리 같은 손으로 접었던 유년의 종이배들은 지금 어디에 있을까? 기억의 서랍에는 알 수 없는 흐름을 쫓고 싶었던 유년의 꿈 한 조각이 종이배로 곱게 접혀있다. 그 시절의 종이배들은 모두 내 안의 헤테로토피아였다.

결 고운 햇살과 찬 바람의 공존, 머무르려는 계절과 나아가려는 계절의 틈새에서 사람들은 열차를 기다리며 서 있다. 낯선 냄새가 묻어오는 플랫폼에서 새 출발의 내음을 맡기 위해 숨을 깊이 들이마신다. 열차들은 경적을 울리며 플랫폼으로 들어오고 어디론가 떠난다. 누군가는 내가 서 있는 역에 내릴 것이고 나는 그 열차에 오를 것이다. 유년의 종이배처럼 또다시 어떤 흐름을 타게 될 것이다.

지난해 타고 왔던 열차에서 묻어온 헤테로토피아들이 바스락거리며 떨어진다. 시간의 기억을 더듬는다. 일 년 전 이맘때 어느 역이었는지 기억나지 않는 역에서 지금처럼 열차를 기다렸고 멀어지는 풍경과 다가오는 풍경들을 가슴에 품으며 연초록 두근거림이 새빨간 구세군 냄비 속 온기가 될 때까지 수많은 시간을 달렸다. 같은 공간을 점유하고 있다 해도 풍경을 해석하는 일은 개별적이다. 단 한 줄의 글이 되기도 하고 장문의 편지가 되기도 한다.

열차는 마음이 정하는 목적지를 향해 출발하고 지금은 존재하지 않지만 존재하기를 바라는 곳으로 나를 데려갈 것이다. 과거의 기억을 품고 현재를 달리는 열차 안에서 다가올 미래를 떠올리는 일은 특별하다. 때론 오배송된 택배처럼 불편한 것들의 리스트들이 방황하게 만들 때도 있겠지만 낯선 플랫폼에 도착할 때까지 삶을 배우는 일을 반복할 것이다.

설렘과 기대를 싣고 올 봄 열차는 미래에 대한 불안을 저만치 밀어낼 것이다. 자리를 잡고 창밖을 바라보는 것만으로도, 몽실거리는 쾌감을 품는 것만으로도 그 모든 순간들이 뭉쳐 나만의 헤테로토피아가 될 테니까.

어디선가 자신만이 느끼고 알아챌 수 있는 속도로 열차는 오고 있을 것이며 무엇을 보게 될지, 누구와 동행이 될지, 어떤 인연들이 시작될지 알 수 없지만 열차 밖 풍경도 열차 안 풍경도 내 선택의 결과다. 낯선 삶의 냄새를 맡으며 '서로'를 학습해가는 동안 열차가 그 모든 '서로'를 품고 달리면 시간의 기억이 서랍에 빼곡히 쌓여갈 것이다.

연두로 물든 봄, 지금 내가 서 있는 곳은 헤테로토피아로 들어가는 입구다. 가슴속 작은 새의 노래를 따라 부르며, 열차보다 먼저 와 전하는 바람의 속삭임에 귀기울이며 희망에 대해 생각하고 유년의 강물을 떠올리고 어디론가 떠나보냈던 수많은 종이배를 기억할 것이다. 새봄의 열차가 나를 싣고 경적을 울리며 '가능'에게로 달려가면 수많은 '불가능'을 잊어버릴 것이다. 나는 지금 헤테로토피아를 향해 가고 있다.

퀘렌시아와 슈필라움

어항 속 물고기에게도 숨을 곳이 필요하다
우리에겐 낡은 소파가 필요하다
길고 긴 골목 끝에 사람들이 앉아 있었다
작고 빛나는 흰 돌을 잃어버린 것 같았다

— 안미옥 「한 사람이 있는 정오」 부분

스페인어로 '퀘렌시아'(Querencia)는 투우 경기장에서 투우사와의 싸움에 지친 소가 숨을 고르기 위해 오직 자신만의 감각으로 선택한 장소다. 사람들의 눈에는 보이지 않는 피난처 또는 안식처인 셈이다. 어떤 곳으로 특정할 수 없는 곳에서 소는 공포와 두려움을 잊는다. 온몸에 상처를 입고 피를 흘리면서도 소는 퀘렌시아에서 강인한 정신의 갑옷을 입는다. 소에게 퀘렌시아는 무너지려는 자신을 다시 세우는 곳, 자기다움을 회복하는 성소다.

헤밍웨이는 "퀘렌시아에 있을 때 소는 말할 수 없이 강해져서 쓰러뜨리는 것이 불가능하다."라고 이야기했다. 퀘렌시아는 절박한 순간 심신을 재충전하는 물리적 공간이면서 심리적 공간이다.

'슈필라움'은 내 마음대로 할 수 있는 나만의 놀이 공간을 뜻하는 말로 타인에게 방해받지 않고 휴식을 취하고 심리적 여유를 가질 수 있는 주체적인 공간을 일컫는다. 독일어 '놀이(슈필 · spiel)'와 '공간(라움 · raum)'의 합성어다. 슈필라움은 휴식뿐만 아니라 온전한 자기다움을 회복하고 삶을 재창조할 수 있는 활동 공간을 뜻한다. 작은 공간이라도 혼자 있어도 지겹지 않고, 마음껏 자신을 드러내며 새로운 삶을 꿈꿀 수 있는 공간이라면 그곳이 어디든 슈필라움이라 할 수 있다.

사람들은 누구나 자신만의 퀘렌시아와 슈필라움을 갖고

있다. 삶에서 위기가 느껴질 때 숨을 고를 수 있는 성소. 이미 정해져 있는 곳이 아니라 위기 상황에서 숨고르기를 할 수 있는 최적의 장소가 퀘렌시아다. 힘들었던 시간을 무난히 거쳐 온 것은 매 순간마다 나만의 퀘렌시아에서 숨고르기를 할 수 있었기에 가능한 일이었다. 돌아보면 힘들지 않은 사람이 누가 있을까? 힘들다의 기준은 사람마다 다른 것이고 힘듦의 결은 상황에 따라 늘 다르게 느껴지곤 했다.

퀘렌시아가 삶에 맞서기 위해 어쩔 수 없이 선택한 공간이었다면 슈필라움은 삶을 삶답게 하기 위해 선택한 공간이다. 흔히 삶을 선택의 결과물이라 말하지만 때로는 선택할 수 없는 선택도 많다. 아무 선택 없이 태어나 원하든 원하지 않든 왜 그곳에 있어야 하는지 이유조차 알지 못하면서도 맞서야 하는 일들이 있다.

삶의 링 위에서 가쁜 숨을 몰아쉬며 그래도 쓰러지지는 말아야 한다고 다짐하던 시간이 있었다. 그때마다 퀘렌시아를 찾았음이 틀림없다. 나다움을 회복하는 공간, 유희로서가 아니라 어쩔 수 없음이었다 해도 숨고르기를 하고 나면 세상이 그래도 견딜 만했다. 어쩌면 현재는 어떤 하나의 장소로 특정할 수 없는 수많은 퀘렌시아가 만든 흔적인지도 모른다.

슈필라움을 생각하면 마음이 즐거워진다. 어릴 적 나의 슈필라움은 아버지의 책꽂이 앞이었다. 읽기 어려운 책들이 빼곡한 책꽂이, 책갈피에 끼워진 깊은 침묵, 오래된 향기,

해 질 무렵 책들이 만들어낸 긴 그림자들. 책꽂이와 책꽂이 사이에 나의 시간이 있었다. 누군가 내게 슈필라움을 묻는다면 지금도 기꺼이 책이 꽂힌 서가, 온종일 게으른 햇살이 비쳐오는 창가, 바로 책들의 집이라고 말할 것이다. 세상 속에서 쓰러지지 않고 자신을 세우는 일, 자기다움을 회복하는 일, 어떤 유희들로 가슴을 뜨겁게 달구는 일은 알게 모르게 거쳐 온 퀘렌시아와 슈필라움 때문에 가능했다.

지중해 물빛에 이끌리다

여자의 몸을 그린다고 가정하자. 먼저 나는 우아함과 매력을 줄 것이다. 그러나 그것 말고 다른 무언가가 필요하다. 나는 신체를 이루는 본질적인 선을 찾아내 그 의미를 응축시킬 것이다. 첫눈에는 매력이 뚜렷이 드러나지 않을지 모르지만 좀더 폭넓은 의미, 좀더 인간미 넘치는 의미를 가지는 새로운 이미지에서 서서히 매력이 배어나올 것이다.

— 앙리 마티스「화가의 노트」1908

앙리 마티스의 「푸른 누드」는 여인의 몸을 선과 색으로 단순화시킨 작품이다. 파랑은 지중해의 물빛을 닮았다. 지중해는 마티스에게 일종의 종교와도 같았고 유기적 생명체와 같은 바다는 예술혼의 원천이었다. 세상을 떠나기 2년 전 지중해의 푸름을 여인의 누드에 스며들게 하는 작업을 시작했다. 오린 종이 위에 과슈를 채색해서 미리 준비된 흰색 종이 위에 콜라주 하듯 붙이는 방식으로 「푸른 누드」 연작을 제작했다.

> 색상 상자를 손에 쥐던 순간, 이것이 내 삶이라는 것을 알았다. 나는 뜨거운 사랑과 열정을 느꼈고 굶주림 속에 뛰어드는 포식자처럼 나는 나 자신을 던졌다.

작품 속 인체 형상은 극도로 단순하다. 한 손은 머리 위로, 다른 한 손은 아래로 뻗어 다리를 붙잡고 있다. 신체를 이루는 본질적인 선에 그가 표현하고자 하는 모든 것들이 응축되어 있다. 푸른 누드는 색채적 의미에서의 '푸른'이기도 하지만 누드는 영원히 '푸르다'는 의미를 함축하고 있는지 모른다. 본질적인 것들은 영원히 푸르러야 한다는 선언이면서 시들지 않는 푸름에 대한 열망이다.

여인이 바다가 되어버린 것인지 바다가 여인의 몸에 들어와 있는 것인지, 여인의 몸에 원시바다가 들어와 있고 그 안

앙리 마티스 **푸른 누드**(Blue Nude) 연작 1952년

에서 생명이 뛰논다. 여인의 심장과 또 다른 심장이 공존한다. 생명 안에 생명을 품는 일은 바다의 일이면서 여인들의 일이었다. 지중해의 물빛 담은 여인의 누드는 에로틱하지 않고 성스러워 보인다. 여인에게서 바다의 숨결이 느껴지고 펄떡이는 바다의 심장 소리가 들려온다. 지중해의 냄새가 풍겨온다. 해풍에 실려 오는 세상의 모든 것들이 여인의 몸 안에 가득 찬다.

정지된 여인의 모습. 그러나 어느 순간 여인이 머리를 매만지던 손을 내리고 다리를 잡은 손을 풀고, 꼬아놓은 다리를 풀어내고 벌떡 일어나 원시 생명체들이 뛰놀던 생명의 바다를 향해 걸어갈 것만 같다. 푸른 잉크 빛 바다가 이끄는 곳으로 저마다의 지중해로 이끌린다.

당신의 고도

이곳이 나의 자리라고 말하며
단호한 눈빛으로 뒤돌아볼 수 있는지
네가 갈망하는 것의 중심을 향해 온몸을 내던져
삶의 격렬한 열기 속에 녹아드는 법을 아는지
나는 알고 싶다.

— 데이비드 화이트 「자화상」 부분

사무엘 베케트의 『고도를 기다리며』는 언젠가는 누구든 예외 없이 죽을 운명인 인간들이 영원히 살 것처럼 몸부림치는 부조리한 모습을 보여주는 작품이다.

이미 정해진 운명을 향해 가면서도 그 운명의 반대 방향으로 걸어가고 싶은 것이 인간의 본능이다. 오지 않을 사람 혹은 오지 않을 무언가를 기다리는 것. 이미 오지 않을 가능성을 예견하면서도 끝없이 기다리는 것. 사무엘 베게트의 『고도를 기다리며』는 기다림의 부조리를 보여준다.

『고도를 기다리며』의 핵심은 바로 '기다림'이다. 블라디미르(디디)와 에스트라공(고고)은 고도가 누구인지, 어떻게 생겼는지, 고도에게 뭘 원하는지도 모른 채 시골길 작은 나무 옆에서 이해할 수 없는 허튼소리를 내뱉으며 날마다 고도를 기다린다. 고고는 침묵이란 저마다 혼자 지껄이는 행위라 말하고 디디는 저마다 자신의 십자가를 진 인간들이 잠깐 사는 동안 그 뒤로도 잠깐이라는 시간 동안 모두가 한꺼번에 지껄이게 된다고 말한다.

포조 역시 생은 잠깐이라는 말에 주목하는데 "어느 날 우리는 태어났고 어느 날 우리는 죽을 운명이다. 태어남과 죽음 사이의 거리가 순간에 불과하다면 삶과 죽음 사이에는 아무런 차이도 없을 것이다."고 이야기한다. 삶의 한시성에 대한 그의 극단적인 표현을 빌리면 여자들은 무덤 위에 걸터앉아 아이를 낳는다는 것이다.

작품의 끝에서 두 사람 모두 "가자."라고 이야기하면서도 가만히 앉아있다. 1막의 끝에서도 고도는 오지 않는다고 소년이 알려주고 2막의 끝에서도 소년이 나타나 고도는 오늘은 오지 않는다고 알려준다. 고도는 대체 언제 오는 것일까? 예정 없는 기다림만 있을 뿐이다.

> 블라디미르: 자, 그럼 갈까?
> 에스트라공: 그래, 가세.
> (그들은 움직이지 않는다.)

고도가 오지 않는다는 것을 알면서도 그들은 움직이지 않는다. 언제 올지 모르는 고도를 기다리는 일, 블라디미르와 에스트라공은 언제까지나 기다릴 뿐 결코 찾아 나서지는 않을 것이다. 그들은 마치 인생의 의미를 고도를 기다리는 것에 둔 사람처럼 살고 있다. 고도가 오지 않으면 목을 맨다고 말하지만 결코 목을 매지 못할 것이다.(목을 매지 않을 것이다) 목매달기 딱 좋은 크기의 나무를 바로 곁에 두고도 끈을 가져오지 않았으니 목을 매달 수 없다고 이야기한다. 고도를 기다리고는 있지만 고도가 오든 안 오든 그들의 삶은 달라지지 않을 것이다. 그들에게 고도란 기다려야 하는 당위, 목적 같은 것이지만 고도의 실체는 명확하지 않다.

에스트라공과 블라디미르는 사소한 것을 두고도 '되는 일이 없어', '더는 못하겠어'라는 포기와 '아직 다 해본 건 아니잖아.'

라는 기회 사이에 방황한다. 동문서답이 오가는 대화가 특별한 의미를 지닌 것도 아니고, 반드시 고도를 만나야겠다는 의지가 보이는 것도 아니다. 고도가 오지 않으리라는 사실을 이미 알면서도 반드시 올 것이라 기대하고, 고도가 오늘은 오지 않는다는 말을 듣고도 내일은 올 것이라는 희망을 품는다.

희망을 품기만 하고 고도를 찾아 나서지 않는 것은 고도의 존재에 대한 확신이 없기 때문일 것이다. 확신은 행위에 방향성을 부여한다. 확신을 갖지 못할 때 우리는 어떤 형태로든 기다림을 정당화하려 한다.

어쩌면 삶도 그러한 게 아닐까? 디디와 고고처럼 매일 같은 장소에서 같은 일상을 반복하며 삶의 의미를 찾는 것. 고도로 상징되는 그 무엇인가가 반드시 오리라는 희망 속에 견디며 살아가는 것. 그렇게 우리는 각자의 고도를 기다리며 살아가고 있다. 고도는 우리에게 정확히 언제 올지를 알려주지 않는다. 삶 속의 고도를 기다려야 할지, 찾아 나서야 할지 모호하다. 기다리는 대신 고도를 찾아나서는 일, 길을 떠나도 고도를 만날 수 없고 고도의 실체에 대한 회의마저 밀려온다면 모든 것이 부조리하게 느껴질 것이다.

그러하지만 저마다의 기다림과 저마다의 찾아 나섬이 어떤 명백한 확신이나 인생의 의미를 품는 것이라면 헛되지 않을 것이다. 당신이 기다리는 고도 그리고 찾아 나서는 고도, 인식의 부조리함 속에서도 여전히 존재하는 고도는 당신에게 누구이며 그리고 무엇인가?

우리 안의 야드비가

본디 그러한 것들을 찾기 위하여

그것이 무엇이든 그대로 놔두련다.

그리고 신이든 신들이든 존재하는 이에게 나를 맡긴다.

운명이 명령하고 우연이 결정하는 대로 따르고

잊힌 약속을 충실히 지키면서

— 페르난두 페소아 「불안의 책」

앙리 루소의 마지막 작품으로 알려진 「꿈」은 야드비가의 꿈을 그린 작품인데 소파에서 잠든 야드비가가 정글로 옮겨진 꿈을 형상화했다고 한다. 문명의 상징인 소파 위에 벌거벗은 야드비가가 누워있다. 초록 잎 사이사이로 동물들의 모습이 보인다. 새와 코끼리와 검은 원숭이들과 사자 두 마리, 황금빛 뱀. 정글은 루소의 상상력이 빚어낸 공간이다. 세밀화처럼 섬세하고 정교한 묘사는 세상 어딘가에 인간의 손때 묻지 않은 정글이 존재할 것 같은 생각이 들게 한다.

꽃과 열매와 풀과 위협적이지 않아 보이는 동물들 사이에 야드비가가 누워있다. 야드비가의 꿈이 현실이 된 곳, 빽빽한 원시림 같은 정글 속 야드비가의 소파는 낯설다. 인간이 만든 소파 위에서 야드비가는 인간의 것이 될 수 없는 정글을 바라보고 있다. 초록의 음영 속에 그림자처럼 존재하는 동물들은 야드비가에게 무관심하며 정면이거나 측면이거나 자신들의 시선 닿는 곳 어딘가를 응시한다. 정면을 향하고 있는 중앙의 피리 부는 사람은 자세히 보지 않으면 그의 존재도 잘 드러나지 않는다. 정글의 일부인 채로 그림 속에 표현된 모든 것들은 억압되지 않은 모습으로 존재한다.

노자는 '자연'을 '본디 그러한 것(self -so)'이라 했다. 자연은 저마다의 색깔과 형체로 존재하는 본디 그러한 것이다. '본디 그러한 것'이라는 의미에는 그것의 원형이 들어있다. 그러하다면 지금의 나는 '본디 그러한 나'의 모습인가?

앙리루소 **꿈**(The Dream) 1910년

원시림 속에 자신을 놓아둔다면 본디 그러했던 것들을 찾을 수 있을까? 어린 시절의 내가 있고 젊은 날의 내가 있고 지금의 내가 있다. 언젠가는 나를 알지 못하는 내가 있을지도 모른다. 모든 인위적인 것을 배제한 꿈속에서 야드비가는 지금 무엇을 바라보고 있으며 그녀의 손가락은 어디를 향하고 있을까? 손가락 끝을 따라가면 우리 눈에는 보이지 않는 그 무엇, 벌거벗은 상태로만 만날 수 있는 우리들의 본디 그러한 모습들을 정글 어딘가에서 찾을 수 있을 것만 같다.

야드비가의 꿈을 그린 작품이라 하지만 사실은 루소의 꿈, 루소가 바라는 세상을 그린 것인지도 모른다. 루소는 작품 속 진초록 풀일 수도 있고 꽃일 수도 있고 정면을 응시하는 동물 중 하나이거나 피리 부는 사람일 수도 있다. 어쩌면 야드비가의 소파일 수도 있다.

꿈이란 낯선 것들의 조합이고 밤 사이 뇌가 그린 흔적들이다. 함께 존재할 수 없는 것들이 시공을 초월하여 같은 장면에 등장한다. 꿈속에서 꿈을 꾸는 자신은 명확히 드러나지 않지만 등장인물과 장소로 자신이 어딘가에 있으리라 추측할 뿐이다. 억눌린 욕망과 가식으로 포장된 낮의 얼굴이 밤이 형상화한 공간에서는 본디 그러한 채로 드러나고 잠재된 욕구들이 깨어난다.

사람 키의 몇 배가 되는지 모를 거대한 초록 잎 사이, 깊고 깊은 정글 어딘가를 헤매고 있는 우리의 내면에는 자기만의 야드비가가 살고 있다. 어떤 억압도 존재하지 않는 곳, 가식과 위선이 없는 곳, 코끼리, 검은 원숭이, 사자, 뱀, 피리 부는 사람이 각자 제 위치에서 '자기다움'을 구현하고 있는 곳, 새하얀 태양이 달처럼 존재하는 곳, 정글 속 어딘가에 존재하는 지극히 작고 미미한 존재들, 벌거벗은 무리 중 하나가 되어 본디 그러한 생을 응시한다. 답을 알 수 없는 생이 피리 소리가 되어 짙은 초록 잎 사이로 사라진다. 초록 잎들만이 본디 그러한 채로 흔들리고 있다.

아직 시간이 있을 때 장미 봉오리를 따라

현재라는 시간의 춤

할 수 있는 한 장미 봉오리를 모아라.
오래된 시간은 끊임없이 날아가며
오늘 미소 짓는 바로 이 꽃도
내일이면 죽으리라.
(…)
수줍어하지 말고, 지금 이 시간을 붙잡아야 하리
할 수 있을 때 사랑해야 하리
때를 한 번 놓치면
영원히 늦어지리니

— 로버트 헤릭 「처녀들이여, 시간을 소중히 하기를」 부분

아직 시간이 있을 때 장미 봉오리를 따야 한다고 수줍어하지 말고 지금 이 시각을 붙잡아야 한다고, 할 수 있을 때 사랑해야 한다고, 때를 한 번 놓치면 영원히 늦어진다고 누구나 말하기는 쉽다. 시간의 한복판에 있을 때 우리는 시간의 한복판인 줄을 깨닫지 못한다. 같은 이유로 수많은 장미 봉오리 앞에선 오직 한 송이의 장미를 고르는 일에 집중하지 못한다.

오래전 읽었던 이야기에 등장하는 과일을 장미로 바꾸면 다음과 같다.

신의 정원에 초대받은 날, 신은 장미 정원으로 안내하며 이곳에서 시작하여 장미 정원의 끝에 이를 때까지 가장 아름다운 장미 한 송이를 따오라고 했다. 단 오던 길을 되돌아갈 수는 없다고 하였다. 장미가 만발한 정원의 시작점에서 걸음을 옮길 때마다 장미들은 제 스스로의 빛깔과 향기를 내뿜는다. 애써 어떤 것을 선택하고 보면 눈앞에 더 아름다운 장미가 보이고 그 장미를 선택하려고 하면 더 아름다운 장미가 앞에 있을 것만 같은 환상에 젖는다. 더 아름다운 장미를 찾기 위해 머뭇거리는 사이 마침내 장미 정원의 끝에 도달해버린다. 가장 아름다운 장미 한 송이를 따기 위해 눈앞의 것들을 하나도 제대로 보지 못하였는데 빈손인 채로 신의 정원에서 떠나야 한다.

가장 아름다운 장미를 선택하게 한 신의 뜻은 무엇일까?

가장 아름다운 장미의 기준은 무엇일까? 신이 생각하는 가장 아름다운 장미와 내가 생각하는 가장 아름다운 장미는 분명 다를 것이다. 가장 아름다운 장미를 고르기 위해 지금 신의 정원 어디쯤 멈춰있는 것일까?

'카르페 디엠'의 기원이라 할 수 있는 로마 시인 호라티우스의 시 「송가」에는

> 묻지 말라. 그것은 금지된 것 (…) 무엇이 오든 그대로 받아들이는 것이 훨씬 좋지 않은가 (…) 현명하라. 포도주를 걸러 만들라. 길고 먼 희망을 짧은 인생에 맞춰 줄여라. 우리가 말을 하고 있는 동안에도, 질투 많은 시간은 이미 흘러갔을 것. 오늘을 잡아라. 내일을 최소한만 믿으며.

라는 대목이 있다.

호라티우스는 아직 오지 않은 날에 대한 막연한 희망을 품느니 내일을 최소한만 믿으며 포도주를 만들어 마시고 오늘을 붙잡으라고 한다. 호라티우스 말처럼 장미 정원에서 장미를 따야 할 시기는 먼 미래가 아니라 지금이다.

나이를 묻는 말에 '춘추春秋'가 있는데 '춘추'란 말 그대로 삶에서 거쳐 온 봄과 가을이다. 거쳐 온 봄과 가을은 모두 모래시계의 아래 면에 퇴적되어 있다. 견고한 퇴적층을 이루고 몇 번의 부정합과 단층, 습곡을 거쳐 생의 이야기로 남

존 윌리엄 워터하우스 **나의 달콤한 장미**(The Soul of the Rose) 1908년

아있다.

우리는 흔히 시간을 헤아릴 때 미리 정해놓은 미래의 시점을 향해 한 단위씩 지워가는 방식과 한 해 두 해 시간을 더해가는 방식을 취한다. 통상적으로는 해마다 시간을 더하는 것이 맞을 듯싶지만 저마다 생명의 양초를 한 자루씩 가지고 태어난다고 가정하면 우리는 날마다 연소되고 있다. 양초에 불을 붙이면 연소되어 사라지는 것들, 연기와 촛농과 그을음, 그것들을 다 붙잡아둔다고 해도 온전한 양초를 만들 수는 없다. 과학적으로는 우리 몸안의 염색체 텔로미어 길이가 짧아지는 것이 수명과 연관성이 있다고 한다. 생명의 양초든 텔로미어든 비가역적인 것만은 확실하다.

서구에서는 시간을 '카이로스'와 '크로노스'로 나누는데 자연스럽게 흘러가는 양적이고 객관적인 시간을 '크로노스', 특별한 의미가 부여된 구체적 사건 속에 존재하는 질적인 시간을 '카이로스'라 한다. 그리스 신화에 나오는 카이로스는 놓치면 다시 붙잡을 수 없는 '기회의 시간'을 말하는데 카이로스 신은 앞머리가 길고 뒷머리는 대머리이며 어깨와 발목에는 날개가 있다. 앞머리가 무성한 것은 사람들이 붙잡을 수 있도록 하기 위해, 뒷머리가 대머리인 것은 시간이 지나면 다시 붙잡지 못하도록 하기 위해, 어깨와 발뒤꿈치에 날개가 달린 이유는 최대한 빨리 사라지기 위해서라고 한다. 크로노스의 시간이든 카이로스의 시간이든 지금 나는

존 윌리엄 워터하우스 **할 수 있을 때 장미 봉오리를 모으라**(Gather Ye Rosebuds While Ye May) 1909년

모래시계의 한복판, 오직 현재에 멈춰 있다.

황금빛 고운 모래가 담긴 모래시계, 위에서 아래로 중력과 마찰력의 즐거운 질주가 계속되고 있다. 조금 전까지 아직 오지 않았던 미래는 현재라는 좁은 통로를 지나 과거로 쌓여간다. 미래가 현재를 관통하여 과거로 변해가는 것을 떨어지는 모래를 통해 바라본다. 모래 알갱이의 크기, 구멍의 크기, 중력과 마찰력의 조합에 따라 모래가 흘러 내려가는 시간이 다르지만 1초든 1분이든 시간은 모래 입자들의 정직한 춤의 결과다.

세상에 존재하는 그 어떤 시계보다 인생에 대한 은유를 담고 있는 것처럼 보이는 모래시계는 기원이 정확하지 않으나 8세기 무렵 프랑스의 성직자 라우트 프랑이 고안한 것으로 알려져 있다. 라우트 프랑은 생활의 편의를 위해 고안하였을 것이지만 지금 내 책상 위 모래시계는 단순히 시간을 측정하는 도구만은 아니다. 흘러가는 시간과 관통하는 시간과 쌓여가는 시간은 모래 알갱이가 되어 춤을 추며 흩어진다. 모래시계의 위와 아래를 뒤집는 부질없음의 유희를 즐긴다. 위에 남아있는 모래가 더 많은지 아래에 쌓여있는 모래가 더 많은지 알 수 없다. 나는 지금 오직 현재라는 구멍을 통과하기 위해 발버둥치고 있는 모래 입자다. 위에 있던 모래들이 아래로 다 떨어지고 나면 어느 누구도 내 생의 모래시계를 다시 뒤집어 주는 유희를 즐기려 하지 않을 것이다.

'모래시계의 모래는 아래로 떨어질 수밖에 없는 것일까?' 라는 의문에서 시작하여 아래에서 위로 거꾸로 움직이는 모래시계가 발명되었다. 상식을 벗어나 중력의 반대 방향으로 모래가 움직이기 때문에 붙여진 '역설'이라는 이름의 모래시계는 모래의 중력과 마찰력 대신 기름 성분의 액체와 고분자 물질의 밀도차를 이용한다. 이미 퇴적된 과거에서 현재를 지나 아직 오지 않은 미래로 달려가는 것이다.

아래로의 정직한 춤과 위를 향한 유쾌한 질주. 방향이 어떠하건 변함없는 본질은 과거와 미래 사이에 존재하는 현재다. 현재를 통하지 않는 과거와 미래는 단절된 하나의 방일 뿐이다. 모래시계에서 현재란 모래가 이동하는 순간이다. 모래 입자들은 오직 지금에서 지금으로 움직인다. 아래로 떨어지든 위로 날아오르든 그 어느 경우든 현재를 관통하기에 모래 입자들에게 방향은 무의미하다. 보르헤스는 "현재란 규정될 수 없는 것이고 미래란 현재적 기다림이며 과거는 현재의 기억"이라고 말했다. '현재'라는 단어를 말하는 순간 현재는 더 이상 현재가 아니기에 모래시계의 좁은 구멍을 통과하는 모래 입자들의 움직임은 규정될 수 없는 것들이다.

나는 모래 입자처럼 순간에만 존재한다. 지금 신의 정원에서 내일을 최소한만 믿으며 가장 아름다운 인생의 장미를 따야만 하고 포도주를 걸러 만들고 길고 먼 희망을 짧은 인생에 맞추어 줄여야만 한다.

참회록 쓰기 좋은 날

나무의 침묵을 듣는다.

'나는 여기 있다.

죽음이란

가면을 벗은 삶인 것.

우리도, 우리의 겨울도 그와 같은 것'

—기형도 「겨울 · 눈 · 나무 · 숲」 부분

새파란 하늘 위로 참회록을 쓰고 싶은 날이 있다. 조락의 시간과 비움의 시간. 온통 아래로 추락하는 것들 사이 11월의 하늘은 유난히 높아 보인다. 나무들의 듬성듬성해진 틈 사이로 조각난 하늘이 점점 넓어진다.

문득 참회록 쓰기 좋은 아침이라는 생각을 한다. 생의 참회록을 써야 한다면 저 하늘이 제격일 것이다. 알고 지은 죄, 알지 못하고 지은 죄, 생각만으로 지은 죄, 다른 이를 배려하지 않은 죄. 정작 자신을 돌보지 않은 죄, 그 수많은 죄를 다 기록할 명부가 필요하다면 바로 저 파란 하늘이어야 할 것이다.

부끄러움과 자기 성찰의 시인 윤동주는 만 이십사 년 일 개월, 푸른 나이에 참회할 것이 그리도 많았을까? 그가 살던 시대가 참회하지 않고서는 견딜 수 없는 때라 할지라도 시인의 참회는 지금도 가슴을 먹먹하게 한다.

참회록

파란 녹이 낀 구리거울 속에
내 얼굴이 남아 있는 것은
어느 왕조의 유물이기에
이다지도 욕될까.
나는 나의 참회의 글을 한 줄에 줄이자.
만 이십사 년 일 개월을
무슨 기쁨을 바라 살아왔던가.

내일이나 모레나 그 어느 즐거운 날에
나는 또 한 줄의 참회록을 써야 한다.
그때 그 젊은 나이에
왜 그런 부끄런 고백을 했던가.
밤이면 밤마다 나의 거울을
손바닥으로 발바닥으로 닦아보자.
그러면 어느 운석隕石 밑으로 홀로 걸어가는
슬픈 사람의 뒷모양이
거울 속에 나타나 온다.

— 윤동주

파란 녹이 낀 구리거울을 문지르며 그 속에 남아 있는 자신의 얼굴이 욕되다고 한다. 만 이십사 년 일 개월의 참회를 한 줄에 줄이고 내일이나 모레, 그 어느 즐거운 날 또 한 줄의 참회록을 써야 한다고 말한다. 슬픔과 고통의 시대 지식인이 할 수 있는 일은 수많은 부재와 결핍 속에 한 줄의 참회를 추가하는 것뿐인지도 모른다.

어둠의 시기에 무언가를 '할 수 있음'은 기대조차 할 수 없고, '할 수 없음'도 아닌 '할 수 있을 수 없음' 앞에서 시인은 손바닥 발바닥으로 밤이면 밤마다 자신의 거울을 닦으며 아직 다하지 못한 참회에 몸부림친다. 만 이십사 년 일 개월인 그의 참회가 이토록 절절한 것이라면 나의 참회록은 얼마나 길어야 할까? 푸른 시인의 참회 앞에 그보다 더 오랜 세월을 거쳐 온 내 삶은 온통 부끄러움뿐이다. 부끄러움을 참회할 수 있는 새파란 하늘. 하늘의 틈이 점점 넓어지고 틈과 틈 사이로 부끄럽지 않은 새들이 날아간다. 참회록 쓰기 좋은 하늘이다. 참회는 '어느 즐거운 날'에도 계속되어야 한다.

젊은이는 지금 온몸으로 참회록을 쓰고 있다.

> 모든 사람의 삶은 제각기 자기 자신에게로 이르는 길이다. 그 누구도 온전히 자기 자신이 되어본 적이 없건만, 누구나 자기 자신이 되려고 애쓴다.
>
> — 헤르만 헤세 『데미안』

벌거벗은 여인이 땅에 엎드려 울고 있다. 울고 있는 여인도 아니고 굳이 젊은이라는 표현을 쓴 화가의 의도가 궁금해진다. 여인이 엎드려 있는 곳은 누군가의 묘지 앞이다. 나무 십자가 아래, 왜 아무것도 입지 않은 채로 울고 있을까?

검은 원피스를 입고 있었다면 죽은 이를 애도하는 여인의 모습으로 읽힐 것인데 벌거벗은 몸과 단정하게 묶은 머리가 시선을 붙잡는다. 그 어떤 허물도 감추지 않고 그 무엇으로도 자신을 포장하지 않겠다는 여인의 의지가 드러난다.

나무 십자가 앞, 누군가의 죽음 앞에서 자신의 생을 정화하려는 처절한 참회의 몸짓처럼 보인다. 꽃 한 송이, 풀 한 포기 보이지 않는 삭막한 곳. 장소를 특정할 수 없는 이곳에 어둠이 내려앉고 있지만 어둠은 아직 여인의 몸을 가리지 못한다. 모태의 태아처럼 대지에 웅크리고 있다. 여인을 품은 대지는 여인을 위한 자궁이며 지금 여인은 손과 팔과 무릎 꿇은 다리, 구부러진 등, 온몸으로 모태의 자궁벽에 참회록을 쓰고 있다.

내부로부터 솟구치는 울음이 잠든 대지를 전율하게 한다. 울음은 영혼이 회복되는 첫걸음이라 한다. 여인의 울음은 단순한 슬픔 이상의 것처럼 보인다. 울음 또한 언어라면 그녀가 흘리는 눈물은 참회의 언어가 될 것이다.

여인은 아마도 윤동주 시인처럼 "그때 그 젊은 나이에 왜 그런 부끄런 고백을 했던가."를 되뇌이고 있을지도 모른다. 내일이나 모레나 그 어느 즐거운 날 여인은 또 한 줄의 참회록을 써야 한다. 여인이 흘리는 눈물의 냄새와 어느 운석 밑으로 홀로 걸어가는 슬픈 사람이 흘리는 눈물의 냄새는 같다. 눈물에선 참회의 냄새가 난다. 그러하기에 그들의 눈물은 뜨겁다.

조지 클로젠 **울고 있는 젊은이**(Youth Mourning) 1916년

절벽에서 푸른 꽃 찾기

나의 마음속에 말할 수 없는 소망을 불러일으키고 있는 것은 세상의 모습이 아니다.

나에게는 욕심이 없다. 그러나 푸른 꽃이 보고 싶어 견딜 수가 없다. 그 꽃이 나에게는 늘 마음에 걸려있다. 그래서 나는 다른 아무것도 생각나지 않는다.

— 노발리스 『푸른 꽃』

튀링겐 지방 광부들의 전설에 등장하는 푸른 꽃은 성 요한절 밤에 피는데 이 꽃을 발견하는 사람에게는 상금을 준다는 낯선 사내의 이야기로부터 노발리스의 『푸른 꽃』은 시작된다. 노발리스의 본명은 게오르크 필립 프리드리히 폰 하르덴베르크인데, 노발리스는 라틴어로 '새로운 땅을 개척하는 자'라는 뜻이다. 푸른 꽃을 찾아 헤매는 소설 속 주인공 하인리히는 노발리스 자신이다. 우리가 찾고자 하는 푸른 꽃은 어디에 있을까? 푸른 꽃을 찾는 이유는 상금 때문만은 아닐 것이며 또한 우리가 찾는 푸른 꽃은 푸른색의 꽃만은 아닐 것이다.

노발리스의 소설 『푸른 꽃』의 표지 그림이기도 한 카스파르 프리드리히의 「뤼겐섬의 백악 절벽」은 1818년 여름, 아내 봄머와 뤼겐섬으로 신혼여행을 가서 그린 풍경화로 인생의 순환을 상징하고 있다. 이 작품에는 세 사람이 등장하는데 빨간 옷을 입은 여자가 신부, 모자를 쓰고 바다를 바라보고 있는 남자가 프리드리히 자신, 엎드려서 무언가를 찾고 있는 노인처럼 보이는 남자가 있다.

기이할 정도로 뾰족한 새하얀 암벽이 눈앞에 펼쳐지고 두 척의 배가 바다에 떠 있다. 하나는 가까이에 다른 하나는 멀리 항해 중이다. 남자는 팔짱을 끼고 바다를 바라보고 빨간 옷의 여자는 풀밭에서 손가락으로 무언가를 가리키고 노인은 지팡이와 모자를 팽개치고 여인이 가리키는 것을 찾으려 애쓴다.

늙은 남자는 땅에 엎드려야만 보이는 작고 소중한 무언가를 찾고 있다. 젊은 남자는 붉은 옷의 여자가 가리키는 것에는 눈길조차 주지 않고 멀리 보이는 바다와 배를 응시한다. 젊은 남자의 시선은 멀리 보이는 곳. '여기 이곳'이 아닌 '저기 어딘가'에 머물러 있다. 붉은 옷의 여자는 '지금 여기', 풀밭 사이에 있는 어떤 것을 찾고 싶어 하면서도 행동으로 옮기지 않는다. 엎드려 적극적으로 찾으려 하는 대신 "거기 있잖아요? 어서 그것을 찾아서 내게 주세요." 그렇게 말하고 있는 것처럼 보인다.

젊은 남자는 발아래의 것에는 관심조차 두지 않고 여자는 보고는 있으나 행동하지 않는다. 지팡이에 의지하여 산길을 오른 늙은 남자만이 엎드려 오직 '그것'을 바라보고 '그것'을 찾으려 적극적으로 행동한다. 그러나 '그것'은 잘 보이지 않는다. 늙은 남자가 엎드려 그토록 집요하게 찾고자 하는 '그것'은 대체 무엇일까?

「뤼겐섬의 백악 절벽」은 인생에서 우리가 찾고자 하는 것과 우리가 찾아야 하는 것을 보여주고 있다. 노인이 엎드려 찾으려는 것은 젊은이였을 때는 방관하였던 어떤 것, 진정 소중하기에 이제라도 찾아야만 하는 것, 늘 마음에 걸려있던 것. 비로소 찾아야 한다는 의지가 생겨난 것. 바로 인생의 푸른 꽃이 아니었을까?

사람은 누구나 푸른 꽃을 찾아 헤맨다. 정성들여 찾아야

카스파르 프리드리히 **뤼겐섬의 백악 절벽**(Chalk Cliffs on Rügen) 1818년

하는 무언가로 지칭되는 푸른 꽃은 사람마다 다를 것이다. 어쩌면 푸른 꽃은 바로 가까이, 발아래 있는지도 모르지만 사람들은 멀리 보이는 것, 가닿을 수 없는 것에만 관심을 가지며 어떻게든 현실로부터 달아나려 한다.

사람이란 젊음을 소진하며 비싼 대가를 치르고 오랜 시간이 흘러서야 삶의 교훈을 체득하는 동물이라는 생각을 한다. 새로운 인생을 시작한 신부와 신랑에게 푸른 꽃은 지금 당장 찾아야 할 정도로 절박하게 다가오지 않는다.

인생에서 우리가 찾아야 하는 푸른 꽃은 어디에 있을까? 어쩌면 나도 여전히 손가락 끝으로 푸른 꽃을 가리키는 허영에 가득찬 여인의 단계에 머물러있는지 모른다. 그리고 언젠가는 절벽 끝에서 인생의 푸른 꽃을 찾기 위해 절박하게 땅에 엎드려야 할지도….

존재와 부재,
생성과 소멸 사이의 기억

자기 안에서 아름다움을 발견하지 않는 사람은
서서히 죽어가는 사람이다.
우리, 서서히 죽는 죽음을 경계하자.

— 마샤 메데이로스 「서서히 죽어 가는 사람」 부분

펠릭스 곤잘레스 토레스는 미술관 한쪽에 사탕이나 인쇄물을 쌓아두고 관객들이 마음대로 가져가게 하는 작품으로 유명하다. 박물관이나 미술관에서 흔히 접하는 문구는 "만지지 마시오." "가져가지 마시오."인데 토레스의 작품은 관객들이 가져가야만 작품으로서 의미를 갖는다.

관객이 만져야만 비로소 의미를 갖는 작품들의 대표적인 예로 「로스의 초상」을 들 수 있다. 「로스의 초상」은 미술관 한구석에 수북이 쌓인 79.3㎏의 사탕더미다. 79.3㎏은 토레스의 연인이었던 로스가 에이즈로 몸무게를 잃어가기 전의 몸무게라고 한다. 다양한 색깔의 셀로판지로 포장된 사탕을 관객들이 하나씩 집어 가는 순간 사탕 무게는 줄어든다. 사탕은 곧 로스의 몸을 의미하는 사물이며, 그의 일부가 수많은 관객의 몸속으로 스며든다. 토레스는 로스가 정상일 때의 몸무게 79.3㎏만큼 사탕을 다시 채워둔다. 토레스가 로스를 기억하는 방식이다. 공식적으로는 「무제」지만 '로스의 초상'이라 명명한 줄어들지 않는 사탕더미에는 로스에 대한 토레스의 사랑과 연민이 담겨있다.

관객들이 가져가지 않고 그대로 두면 채울 일도 없이 79.3㎏이 유지될 터인데 채움과 비움을 반복하는 것은 아마도 존재와 부재, 생성과 소멸에 대한 토레스의 생각 때문일 것이다. 관객들은 호기심에서 사탕을 집어 가지만 자기도 모르게 세상에 없는 로스를 추모하는 행위에 동참하는 셈이

피터르 클라스 **바니타스**(Vanitas) 1630년

되고 토레스로서는 추모의 의미를 널리 퍼지게 하는 것이기도 하다. 사탕을 채워 줄 토레스가 없으면 어느 순간 사탕더미는 흔적 없이 사라질 것이다.

삶과 죽음, 존재와 존재하지 않음에 대한 예술 영역이 있다. 바니타스 예술은 일종의 메멘토 모리다. 바니타스는 '빈' '없는', '허무'를 뜻하고 구약성서에 나오는 라틴어 구절 'Vanitas Vanitatum et Omnia Vanitas' 즉 '모든 것이 헛

되고 헛되다.'는 의미에서 유래하였다고 한다. 바니타스는 죽음의 불가피성과 속세의 업적 및 쾌락의 무의미함을 상징하는 소재들을 이용한 순수 정물화로 네덜란드 레이덴을 중심으로 발전했다. 책, 지도, 악기는 예술과 학문을, 술잔이나 담배는 세속적인 쾌락을, 지갑이나 보석은 부와 권력, 해골이나 꽃, 양초는 죽음이나 덧없음을, 옥수수 열매나 월계수 가지는 부활과 영생의 상징이라고 한다. 책은 인류의 경험과 지식을 상징하는 것으로 인간 존재의 유한성을 극복하는 의미로 그려졌다. 하지만 해골을 책과 같이 그림으로써 어떤 지식이나 지혜도 죽음 앞에서는 영원한 진리가 될 수 없음을 보여준다. 바니타스 그림은 죽음은 피할 수 없는 인간의 운명임을 알려주는 동시에 바로 그러하기에 현재에 더욱 충실하라는 강렬한 메시지를 전해준다.

'HODIE MIHI CRAS TIBI'는 '오늘은 나에게, 내일은 너에게'라는 의미의 라틴어로 죽음이란 누구에게나 공평하게 다가온다는 것을 표현한다. 누구나 오늘을 살 뿐 눈을 뜬 아침이 다음 날일지, 다음 생일지는 아무도 모른다.

우리는 모두 누군가 채워주지 않으면 삶의 전시장 한구석에서 어느 순간 소멸해 버릴 사탕더미다. 우리에겐 불행히도 사탕을 다시 채워 줄 토레스가 없기에 주어진 시간을 맹렬하게 살아야 한다.

인간의 위대함은 그가 다리일 뿐 목적이 아니라는 데 있다. 인간이 사랑스러울 수 있는 것은 그가 건너가는 존재이며 몰락하는 존재라는 데 있다.

차라투스트라의 말처럼 건너가는 존재이며 몰락하는 존재이기도 한 우리가 할 일은 생성과 소멸 사이에 존재하는 시간을 기억하는 일뿐이다. 생성과 소멸 사이의 간극을 채우는 일은 우리의 몫이 아니다.

갈탄을 캘 때는 갈탄이 되고
춤을 출 때는 춤이 되고

나는 어제 일어난 일은 생각조차 안 합니다. 내일 일어날 일을 자문하지도 않아요. 내게 중요한 것은 오늘, 이 순간에 일어나는 일입니다. 나는 자신에게 묻지요. 조르바, 지금 이 순간 자네 뭐 하는가? 잠자고 있네. 그럼 잘 자게. 조르바 지금 이 순간에 자네 뭐 하는가? 일하고 있네, 조르바 자네 이 순간 뭐 하는가? 여자에게 키스하고 있네. 조르바 잘해 보게. 키스할 동안 딴 일일랑 잊어버리게. 이 세상에는 아무것도 없네. 자네와 그 여자밖에는. 키스나 실컷하게.

— 니코스 카잔차키스 『그리스인 조르바』

『그리스인 조르바』에 등장하는 화자인 나는 갈탄 채굴을 위해 크레타섬에 광산을 운영한다. 크레타로 가는 배 안에서 알렉시스 조르바를 만나 함께 갈탄 채석장 사업을 시작하지만 수지가 맞지 않는다. 장비를 구하러 뭍으로 나간 조르바는 평소 습관대로 여자의 마음을 사고 즐기기 위해 사업자금 일부를 이용해버린다. 고해성사하듯 조르바가 보낸 편지를 읽고 사장인 나는 분노하지만, 오히려 먹물 속에 머리를 처박고 논리와 이성 속에서만 삶의 의미를 찾으려는 자신이 얼마나 위선적인가를 깨닫는다.

오렌지 나무가 있는 집 여자에게 마음을 빼앗겼음에도 이성으로 억누르려 애쓰는 사장과 정반대로 조르바는 육체의 언어에 귀기울이고 육체가 이끄는 대로 반응한다. 조르바는 오직 현재를 살 뿐 미래를 소환해서 살지 않는다. 갈탄을 캘 때는 갈탄이 되고, 여자와 사랑을 나눌 때는 사랑만 생각하고, 술을 마실 때는 술만 생각하고, 춤을 출 때는 춤만 생각하는 조르바처럼 살아가는 일은 쉽지 않다.

사실 나는 조르바보다 사장의 모습에 가깝다. 즉흥적으로 무슨 일을 벌이기보다는 사전 계획과 철저한 준비가 있어야만 일을 시작한다. 스스로가 정한 틀에서 벗어나는 것에 두려움을 갖고 있기에 일이 원하는 대로 되지 않을 때는 잠이 들면서도 내일을 걱정한다. 그러나 눈을 뜨면 내일이라 생각했던 날이 오늘이라는 이름으로 바뀌어 있다. 미래이던 것이 현재가 되어 있는 것이다. 과거 돌아보기와 미래 끌어당겨 쓰기보다 중요한 것은 현재를 살아가는 일이며 그 속에서 조르바처럼 살아가는 일이다. 글을 쓸 때는 글만 쓰고 책을 볼 때는 책만 보고 사랑할 때는 사랑만 하고 오직 그렇게 살아가는 것.

마을 사람들은 검은 암말처럼 풍만하고 육감적인 몸을 지닌, 오렌지 꽃물 냄새와 올리브 잎사귀 냄새가 풍기는 그녀를 파블로의 자살에 대한 보복으로 살해한다. 두 발로 기어서라도 위험에서 벗어나기 위해 몸부림치는 그녀를 사람들은 거대한 바리케이드처럼 막아서고 늙은 마블란도니는 순식간에 목을 잘라 전리품처럼 교회 문패에 내던진다. 눈앞에서 그 모든 일이 벌어지는데도 조르바와 사장은 아무것도 할 수 없었다.

피가 끓는 남자들은 과부를 자신의 것으로 만들 수 없음에 대한 악마적 광기와 분노로 들끓었고 젊은 처녀들과 늙은 아낙네들은 남자들의 관심이 온통 과부에게 쏠린 것에 대한 질투와 불만을 품고 있었다. 그녀를 사랑하다 자살한 파블로의 원한을 풀겠다는 것이 명분이었지만 사실은 사람들 안에 잠재된 악이 벌인 살인이었다.

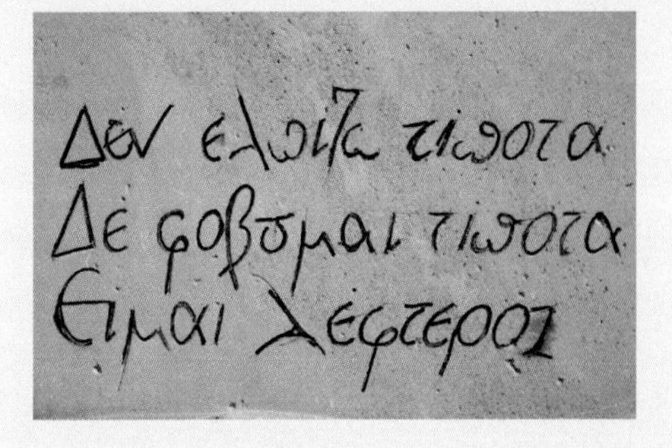

Den elpizo tipota

I hope for nothing.

나는 아무것도 바라지 않는다.

Den forumai tipota

I fear for nothing.

나는 아무것도 두려워하지 않는다.

Eimai eleftheros

I am free.

나는 자유다.

— 니코스 카잔차키스 묘비명

믿음이 있습니까? 그럼 낡은 문설주에서 떼어낸 나무 조각도 성물이 될 수 있습니다. 믿음이 없나요? 그럼 거룩한 십자가도 그런 사람에겐 문설주나 다름이 없습니다.

조르바는 말한다. 믿음에 대해 이보다 더 명쾌한 말이 또 있을까?

몸으로 부딪쳐 세상을 알아가는 조르바에게 세상은 모두 그가 머물 항구이며 그가 떠날 항구다. 펜 끝으로 해석하고 이해하기에 세상은 너무도 방대하다. 몸이 읽어내는 세상과 펜이 읽어내는 세상은 일치하지 않을 때가 많기에 세상을 오독하지 않고 있는 그대로 읽는 일은 늘 어렵다. 살아가면서 무언가 고갈되어간다고 느낄 때, 무기력이 몰려올 때면 조르바를 만나러 간다. 조르바는 늘 이성 따위는 당장 집어 던지라고 말한다. 때로는 이성보다 몸이 정직하기에 몸이 전하는 목소리에 집중하고 오직 이 순간만을 살아야 한다. 인생에 대한 조르바식 조언이다.

다시는 돌아갈 수 없는 시간의 무언가를 구하는 것

순순히 어두운 밤을 받아들이지 마오.
저무는 하루에 소리치고 저항해요.
분노하고, 분노해요. 사라져 가는 빛에 대해

— 딜런 토마스

1989년 하버드대 연구진은 70세 이상 지원자들을 외진 시골 마을 수련원으로 데려가서 일주일 동안, 마치 1959년인 것처럼 살아보도록 했다. 그 수련원에서는 1959년의 상황이 그대로 재현되었다. 수련원에서 10일 정도 보낸 후 과학자들은 지원자들의 생리학적 수치를 다시 측정했는데, 생리학적으로 몇 년씩 젊어졌다는 사실을 발견했다. 지원자 중에는 정신적, 생리적으로 무려 25년이나 젊어진 사람도 있었다고 한다.

인생의 어느 한 시점으로 돌아갈 수 있다면 나는 어느 시기로 돌아갈 것인가? 만일 거기에서부터 인생을 다시 시작할 수 있다면, 그 시작으로 인하여 인생이 달라질 수 있다면 지금보다 행복할까? 이미 어떤 시간을 거쳐 온 내가 과거의 어느 한 시점으로 세팅된 장소에서 그 시대의 나로 살아본다면 무엇을 얻을 수 있을까?

하버드대의 과거로의 시간 여행 프로젝트는 어쩌면 치매 환자들이 특정 시기의 기억에만 집착하거나 특정 시기의 기억만 소실된 상태와 비슷한 것인지도 모른다. 1959년 스타일의 집에서 그 시대 유행하는 옷과 잡지, 뉴스를 보며 그 시대의 간식거리를 먹고 그 시대 이슈들을 중심으로 대화를 나누는 것. 몸은 이미 그 시점을 훌쩍 넘어섰지만, 갑자기 과거로 돌아간 환경에서 인간의 뇌에는 어떤 유의미한 반응이 새겨질 것인가?

학창 시절 친구를 만나고, 오래전 직장 동료를 만나고 돌아오면 공유된 기억 속에서 과거의 내 모습이 또렷이 보인다. 그때 그 시절 갈망했던 것들과 창문을 통해 바라본 하늘의 색과 구름의 모양까지도 선명하게 떠오른다. 어느새 그 시절의 '우리'로 돌아가 밥과 커피 대신 추억을 먹으며, 흐릿한 기억 속에서 지난날의 '우리'를 꺼낸다. 지난날의 '우리'는 낯설다. 그 시절 '우리다운 것'들은 이제는 사라지고 없다.

인생의 어느 시기를 관통하고 있는 것일까? 내가 바라보는 하늘이 터널 속에서 갈망하는 하늘인지, 터널을 거쳐 온 뒤의 하늘인지 알지 못한다. 다만 살아가면서 다시는 돌아갈 수 없는 시간의 무언가를 갈구하며 살고 있다는 것 때론 그것이 위안이 되고 동력이 되기도 한다는 것, 돌아갈 수 없기에 더 돌아가고 싶은 갈망을 품게 하는 것.

루이 알튀세르는 『미래는 오래 지속된다』(돌베개, 1993)에서 "삶이란 그 모든 비극에도 불구하고 여전히 아름다울 수 있다. 나는 지금 예순일곱 살이다. 그러나 나는 마침내 지금, 나 자신으로서 사랑받지 못했기 때문에 청춘이 없었었던 나로서는 그 어느 때보다도 지금, 곧 인생이 끝나겠지만 젊게 느껴진다. 그렇다. 미래는 오래 지속된다."라고 말한다.

삶이란 여전히 아름다울 수 있음을 받아들이는 사람은 오래도록 젊은 사람일 것이고 아득한 미래는 오래 지속될 것이다.

아버지의 임종을 바라보면서 썼다는 딜런 토마스의 시 「순순히 어두운 밤을 받아들이지 말라」는 영화 「인터스텔라」에도 일부가 인용되었다.

> 순순히 어두운 밤을 받아들이지 마오. 노인들이여,
> 저무는 하루에 소리치고 저항해요.
> 분노하고, 분노해요. 사라져 가는 빛에 대해

생로병사를 피할 수 없는 인간들에게 순순히 어두운 밤을 받아들이지 말고, 저무는 하루에 소리치고 저항하라고 시인은 말한다. 다시는 돌아갈 수 없는 시간의 무언가를 구하기 위해 사라져 가는 빛에 분노하고 우리 안의 불꽃이 사그라지는 것에 대해 분노하라는 것이다. 하늘 저 멀리 누군가가 모닥불을 켜 두고 그들만의 불꽃을 지키듯 우리 안의 불꽃을 지켜가는 일, 우리 안의 불꽃이 스스로 일어나게 하는 일. 순순히 어두운 밤을 받아들이지 말고 저무는 하루에 소리치고 저항하는 일….

권태의 내일은
왜 이렇게 끝없이 있나

그들에게 희망이 있던가? 가을에 곡식이 익으리라. 그러나 그것은 희망은 아니다. 본능이다.

내일, 내일도 오늘 하던 계속의 일을 해야지. 이 끝없는 권태의 내일은 왜 이렇게 끝없이 있나?

— 이상 『권태』

권태는 익숙함에 대한 마음의 반응일 것이다. 삶에 권태가 찾아오는 시간은 저마다 다를 것이다. 이른 새벽, 어둠이 채 걷히기도 전 시계부터 바라본다. 깨어나야 할 시간이다. 하릴없이 시계 초침 소리에 귀기울여 본다. 시곗바늘 소리는 멈추지 않고 전진하는 생의 소리다.

삶에 지쳐간다고 말하고 싶을 때가 있다. 중단 없는 반복이 권태롭다. 무한 반복으로 돌고 도는 다람쥐 쳇바퀴 같은 생에서 튕겨 나가고 싶은 날이 있다. 삶의 쳇바퀴에서 벗어나 있으면 권태로부터 자유로워질까. 그러나 그리하지 못할 것이다. 익숙한 무언가에서 벗어나는 것은 권태로부터 일시적 일탈일 뿐, 온전한 벗어남은 아닐 것이다. 어쩌면 또 다른 권태의 시작일지도 모른다.

견딜 수 없이 권태로운 날이 있다. 무엇을 해도 새롭지 않은 날, 같은 생각, 같은 행동을 반복하는 나는 권태로운 인간이다. 권태를 벗어던지지 못한다.

"내일, 내일도 오늘 하던 계속의 일을 해야지. 이 끝없는 권태, 내일은 왜 이렇게 끝없이 있나?" 이상에게 권태의 '내일'은 더이상 오지 않았다. 그는 젊은 나이에 권태를 느꼈고 젊은 나이에 세상을 떠났으니까. 그가 마침내 도달한 곳에서는 권태 없는 일상이 이어지고 있을까? 아니면 새로운 권태의 시작일까?

세사르 바예호는 시 「인간은 슬퍼하고 기침하는 존재」에서 다음과 같이 이야기한다.

살바도르 달리 **기억의 지속**(The Persistence of Memory) 1931년, 캔버스에 유화, 24.1×33cm

인간은 슬퍼하고 기침하는 존재
그러나 뜨거운 가슴에 들뜨는 존재
그저 하는 일이라곤 하루하루를 연명하는

슬퍼하고 기침하고 때로는 뜨거운 가슴에 들뜨기도 하지만 그저 하는 일이라곤 하루하루를 연명하는 일이라는 표현에 시선이 고정된다. 결국 우리는 권태로운 일상에서 권태를 입은 채 하루하루를 그렇게 살아내는 것이다. 에리히 프롬의 말처럼 우리는 현대 물질 문명의 풍요 속에 살아가지만, 젖병과 사과를 탐하는 영원한 신생아인지도 모른다. 권태로부터 벗어나기 위해 무언가를 원하고, 그 무언가를 소유하는 순간 또 다른 권태에서 벗어나기 위해 몸부림치는 존재다. 사물과 마찬가지로 인간도 상품화되는 사회 속에서 우리의 소망은 수시로 희석되고 권태로 대체된다. 자궁으로의 회귀를 바라면서도 자신을 둘러싼 현실의 자궁으로부터의 탈출을 꿈꾸는 우리들은 끝없이 우리를 끌고 가는 무력감을 자기만의 방식으로 합리화시키고 있다. 결국 권태는 또 다른 권태를 양산한다.

'권태'라는 두 글자를 적는 순간 제일 먼저 떠오르는 이미지는 살바도르 달리의 작품 「기억의 지속」이다. 우리가 기억하는 모든 것들이 지속되는 한 우리는 권태롭다. 무언가를 기억한다는 것은 권태마저도 기억한다는 의미일 테니까.

초현실주의 화가 살바도르 달리의 「기억의 지속」에는 제각각 다른 시각을 가리키는 시계들이 있다. 하나는 마른 나뭇가지에 젖은 빨래처럼 걸려있고 또 하나는 네모난 테이블 혹은 관의 모서리에 걸쳐진 시계는 대략 6시 55분을 가리키고 있다. 중앙에 위치한 눈을 감은 사람의 얼굴인지 새인지 알 수 없는 정체불명의 것에는 녹아 흐르는 것처럼 흐물거리는 시계가 걸쳐져 있다.

「기억의 지속」에 등장하는 나무는 땅이 아닌 네모난 테이블 위에 어정쩡하게 위치해 있고 살아있는 것처럼 보이지 않는다. 뚜껑 덮인 주황색 동그란 시계 위에 모여 있는 개미와 녹아 흐르듯 걸쳐진 파란 시계 위의 파리떼만이 살아 있는 것들이다.

멀리 보이는 절벽과 물, 그리고 얇은 나무판자, 시계, 정체불명의 생명체, 어울리지 않는 물건들이 모여 있다. 장소도 모호하지만 해 질 무렵인지 해 뜰 무렵인지 시간 또한 특정할 수 없다.

치즈 조각처럼 흐물거리는 시계들을 살바도르 달리는 "시간의 카망베르"라고 표현한다. 치즈처럼 흘러내리는 시계, 멈춰버린 시간, 덧없이 모여든 개미와 파리떼, 눈에 들어오는 모든 것들이 권태롭다. 눈을 감은 채 누워있는 정체불명의 것도 권태로움의 표상이 아닐까.

저마다 시간은 상대적이게 마련인데 녹아 흘러내리는 모습으로 형상화한 살바도르 달리의 감각은 매우 직관적이고 탁월하다. 우리에게 주어진 시간은 기억으로만 저장되고 소환될 수 있다. 사람의 기억과 무의식 속에 개별화된 시간으로 저장되고 인출되고 녹아 흐르고 엉겨 붙는다. 우리가 권태롭게도 지속하려는 기억은 대체 무엇일까? 기억을 지속하고자 하는 우리의 의지마저도 권태로운 날들이다.

제 3 부

존재와 타인

베일을 벗지 못하는 사람들

타인은 나에게 있어서 나의 존재를 훔쳐가는 사람인 동시에, 나의 존재라고 하는 하나의 존재를 만들어주는 사람이기도 하다.

—장 폴 사르트르

날마다
'라'를 만들며 걷는 사람들

누구도 당신이 누구인가를 가르쳐 줄 수 없다. 누군가가 가르쳐 주는 것은 개념에 불과하기 때문에 당신을 변화시킬 힘이 없다. 형상은 한계를 의미한다. 우리는 이곳에 한계를 경험하기 위해 있을 뿐 아니라, 한계를 뛰어넘음으로써 의식 속에서 성장하기 위해 이곳에 있다.

— 에크하르트 톨레 『삶으로 다시 떠오르기』

아프리카 원주민의 생활을 연구하던 인류학자가 부족의 아이들에게 사탕이 가득 든 주머니를 멀리 떨어진 나무에 매달아 놓고 자신이 출발 신호를 하면 맨 먼저 그곳까지 뛰어간 사람에게 사탕 전부를 주겠다고 약속했다. 그런데 예상하지 못한 일이 발생했다. 갑자기 부족의 아이들이 다 같이 손을 잡고 바구니를 향해 달려가기 시작했다. 나무에 도착한 아이들은 둥글게 원을 그리고 앉아 사탕을 나누어 먹었다.

인류학자가 충분히 사탕을 다 차지할 수도 있었을 아이에게 왜 제일 먼저 달려가지 않았는지를 묻자 "다른 아이들이 슬퍼하는데 어떻게 혼자서만 행복할 수 있어요?" 아이들은 "우분투"라고 외쳤다. 우분투는 '사람다움'을 뜻하는데 '우리가 있기에 내가 있다'는 뜻도 담겨있다고 한다. 다시 말하면 혼자서는 사람이 될 수 없다는 의미다.

사람은 저마다 자기만의 원을 가지고 있다. 오직 자기 혼자만 들어갈 수 있는 원을 그리면 아무도 들어올 수 없다. 원을 넓혀 두 사람이 들어오고 또 원을 넓혀 세 사람이 들어오고 점점 더 원을 넓히면 더 많은 이들이 들어올 수 있다. 확장하면 나라도 원이고 대륙도 원이고 지구도 원이다.

경쟁사회는 자기만의 원을 중시한다. 자기만의 원을 그리고 '여기까지'라는 한계를 설정함으로써 상대방을 배제한다. 인류학자가 아무리 찾으려 해도 찾지 못한 것을 부족의 아이들은 보여준다. 바로 '우분투', '사람다움'이다.

원

그는 원을 그려 나를 밖으로 밀어냈다
나에게 온갖 비난을 퍼부으면서
그러나 나에게는
사랑과 극복할 수 있는 지혜가 있었다
나는 더 큰 원을 그려 그를 안으로 초대했다

— 애드윈 마크햄

"다른 사람의 삶에 무엇인가를 보내면 그것은 모두 우리 자신의 삶으로 되돌아온다."라고 마크햄은 말했다. 서로 손을 잡고 더 큰 원을 그려 서로를 원 안으로 초대하면 소외된 이 없는 세상이 될 것이다. 원은 시작과 끝이 없는 선으로 이루어져 있어서 영원을 상징하기도 하고 안과 밖을 경계 지어 원 안의 것을 보호하는 의미를 품고 있다.

바실리 칸딘스키의 작품 「동심원들과 정사각형들(1913. squares with concentric circles)」은 정사각형 틀 안에 동심원들이 들어있는 작품이면서 동심원들과 동심원들 사이 정사각형 틀이 존재하는 작품이다. 칸딘스키는 "색은 영혼에 떨림을 줌으로써 영혼에 직접적으로 영향을 미치는 힘이다."라고 이야기했다.

동심원을 이루는 빨강, 노랑, 파랑색의 강렬함이 원과 원

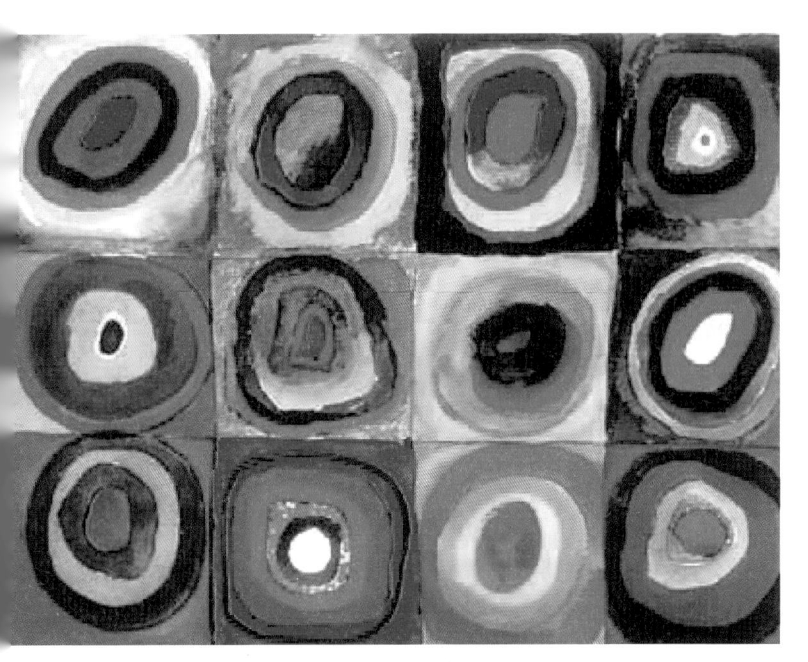

바실리 칸딘스키 **동심원들과 정사각형들**(Squares with Concentric Circles) 1913년

의 경계를 이루고 있는 정사각형 틀을 시각적으로 약화하고 있다. 보호와 차단의 이미지를 주는 12개의 정사각형 틀 안에 있는 동심원들은 완벽한 동그라미가 아니지만 그 자체로 중심을 가지고 살아 움직이는 원들이다. 강렬한 색깔과 몸짓을 능동적으로 드러내는 동심원들은 경계를 향해 자신들의 영역을 무한 확장 중이다. 어떤 틀에 갇혀 헤어나지 못하고 있다는 생각이 들 때, 지쳐간다고 느껴질 때 칸딘스키의 「동심원들과 정사각형들」을 바라보면 틀 속에서의 강렬한 꿈틀거림이 전이된다. 칸딘스키의 동심원들은 지금 "우리가 있기에 내가 있다."고 외치는 중이다.

내 안의 원을 넓히는 일. 내 안에 잠복해 있는 치유되지 않은 상처들을 끌어내고, 의식적 혹은 무의식적으로 배제해 버린 것들을 수용하는 일, 더 큰 원을 그려 세상을 포용하는 일은 모두 '우분투'라 할 수 있겠다.

> 넓은 원을 그리며 나는 살아가네
> 그 원은 세상 속에서 점점 넓어져 가네
> 나는 아마도 마지막 원을 완성하지 못할 것이지만
> 그 일에 내 온 존재를 바친다네
>
> — 라이너 마리아 릴케 「넓어지는 원」 부분

살아가는 일은 원을 그리며 걷는 일이다. 저마다의 위치에서 저마다의 걸음으로 생에 발자국을 남기는 일이다. 아파트에서 내려다보이는 학교 운동장에 사람들이 운동장 트랙을 따라서 혹은 학교 담을 따라서 삼삼오오 원을 그리며 돌고 있다. 간혹 역방향으로 걷는 이도 있고 뒷걸음으로 걷는 이도 있지만 대부분 앞서 걷는 이를 따라 걷는다. 그들에게 걷기란 무엇일까? 건강을 위해서, 하루 종일 움츠린 상태였던 몸을 이완시켜 주기 위해서 혹은 복잡한 생각들을 정리하기 위해서.

네모난 학교 운동장에 거대한 칸딘스키의 동심원들이 그려지고 있다. 동심원들이 무한정 펼쳐진 학교 운동장은 사람들의 동선이 빚어낸 만다라다. 범어로 Mandala는 '진수' 또는 '본질'이라는 뜻이며 원圓을 뜻한다고 한다. 운동장에 내딛는 한 걸음 한 걸음이 뭉쳐 저마다 거대한 궤적을 그려놓는다. 마음이 복잡할 때 가장 단순한 일을 반복하는 일이 심리적 안정에 도움을 주는 것처럼 별다른 구조물이 없는 운동장 모래 위를 반복하여 걷는 일은 복잡한 생각들로부터 탈출법인지도 모른다.

걷는 것은 발이 하는 기도와 같다. 생각 없이 걷는다고 하지만 실은 끊임없이 무언가를 생각하며 걷고 있다. 일상의 삶에서 겪는 괴로움들을 반복되는 트랙을 걸으며 뱉어낸다. 한 바퀴를 돌며 자기 안의 찌꺼기들을 내려놓고 또 한 바퀴 돌며 여전히 남은 것들을 내려놓는다. 사람들의 발걸음이 만들어낸 무수한 원의 궤적들. 원의 중심이 생겨나고 원의 지름들이 생겨난다. 거대한 만다라. 앞서 걷는 이의 원과 뒤따라오는 이의 원. 원과 원은 별개의 것이면서 중첩된 것이기도 하다. 위에서 내려다보면 누구의 원이었는지 누가 만든 궤적인지 알 수 없다. 원의 가장자리에 내려놓은 것들이 쌓여간다. 마음을 짓누르던 슬픔이나 중압감, 분노, 두려움 등 수없이 많은 부정적인 잔재들이 원의 가장자리에서 점점 더 밖으로 밀려난다.

만다라는 온전히 두루 갖춤의 상태다 그러나 만다라의 '라'는 변화를 상징한다고 했듯 온전함에 이르기 위해 우리는 날마다 '라'를 만들며 걷고 있다. 학교 운동장에 그려진 거대한 만다라에는 변화를 만들어 내는 수많은 '라'의 조각들이 흩어져있다. '라'의 조각들이 뭉쳐 또 하나의 새로운 만다라가 생겨날 것이다. 우리는 계속 걸어가야만 한다. 원의 가장자리로 밀려난 삶의 잔재들을 새로운 시선으로 바라볼 수 있을 때까지.

사랑에 눈먼 사람들과
사랑의 베일을 벗지 못하는 사람들

세상의 어떤 남자도 당신 같지는 않아요. 모든 것들이 같은 것에서 만들어지지만, 사람들은 모두 서로 다르게 만들어지니까요. 매일 밤 당신을 조각조각 맞춰봅니다. 아주 작은 뼈마디 하나하나까지.

— 존 버거 『A가 X에게』

나는 사랑의 정원에 갔었네

나무와 나무 사이 포옹하는 사람들이 있다. 눈을 마주하고 볼을 어루만지거나 머리를 쓰다듬으며 서로의 얼굴에 최대한 다가가기 위해 온몸을 밀착한다. 사랑의 정원에 초대된 이들은 사랑 때문에 눈이 멀어버린 것일까? 애벌린 윌리암스의 작품 「사랑의 정원에 갔었네」에 등장하는 어떤 남녀도 웃고 있지 않다. 얼굴을 바라보고는 있지만 붙박이처럼 고정된 눈빛은 마치 보지 못하는 것처럼 보인다. 그들에게 있어 눈은 상대의 눈을 바라보는 것 외에는 다른 용도가 없는 것처럼 여겨진다.

사랑이란 모순 형용의 단어이며 심장의 언어다. 사랑의 정원에서 사랑을 나누고 사랑을 속삭이는 이들의 표정은 역설적으로 이별을 이야기하는 연인들의 표정처럼 보인다. 비장감이 감도는 눈빛. 두 번 다시 함께하지 못할 것 같은 그들의 눈빛은 절박한 사랑의 표현이다.

얼굴과 얼굴을 맞대는 것 외에 손을 뻗어 존재를 확인하는 몸짓. 사랑은 눈빛에만 있지 않고 손끝에도 있고 부딪는 볼에도 있다. 사랑의 정원 나무와 나무 사이 사람 나무들이 서 있다. 서로의 눈빛을 가슴에 영원히 새겨두기 위해, 눈동자 속에 비치는 자신을 좀더 자세히 들여다보기 위해, 눈동자 속에 다른 이의 흔적이 자리 잡지 못하도록 오직 서로만을 응시한다. 그들의 표정에서 읽히는 언어는 '절박함'이다. 마주하는 눈동자 속에 내가 없을 때 내 사랑은 끝인지도 모른다. 눈동자 속에 내가 아닌 다른 것들이 들어차 있을 때 나는 사랑의 정원에 더이상 존재하지 않는 것이다.

「사랑의 정원에 갔었네」라고 화가는 과거형 제목을 붙여놓았다. 지금은 갈 수 없는 '사랑의 정원'이라는 의미인지 모르겠다. 나무와 나무 사이 어딘가에, 누군가의 눈빛에 두고 온 떨림과 설렘을 되찾기 위해 갈 수만 있다면 언제든 사랑의 정원에 가고 싶다. 삶을 '살아감'이라 적고 나는 '사랑함'이라 읽는다. 사람은 본디 자기 안에 있는 것만을 다른 이에게 줄 수 있다고 했다. 내 안에 사랑이 남아있을까? 사랑의 정원 나무들은 사랑의 속삭임을 먹고 자란다. 사랑의 정원 나무들은 사랑하는 이들의 숨결과 온기를 먹고 자란다. 몇 방울의 눈물과 사랑의 아픔을 먹고 자란다. 사랑에 주린 이들, 사랑을 찾아 헤매는 이들 모두 사랑의 정원에서 저마다의 사랑을 찾을 수 있기를….

애벌린 윌리암스의 「사랑의 정원에 갔었네」라는 작품 제목은 18세기 영국 시인이자 화가인 윌리엄 블레이크의 시에 나오는 구절이기도 하다.

사랑의 정원

나는 사랑의 정원에 갔었네,
여태껏 보지 못한 것을 보았네.
한가운데에 교회가 세워졌네,
내가 풀밭 위에서 뛰놀던 곳에.

이 교회의 정문은 닫혀 있었고,
문 위에 출입 금지라고 쓰여 있었네.
그래서 아름다운 꽃들이 피어 있던
사랑의 정원으로 고개 돌렸네.

그리고 무덤으로 뒤덮인 것을 보았네,
꽃들이 있던 곳에 묘비들이 즐비했네.
검은 옷의 사제들이 순시를 돌았고,
가시덤불로 내 즐거움과 욕망을 묶었네.

— 윌리엄 블레이크

윌리엄 블레이크의 시 「사랑의 정원」은 인간 본연의 욕망을 죄악시하는 정통 영국 교회를 비판하는 내용을 담고 있다. 뛰놀던 풀밭 한가운데 교회가 세워지고, 닫힌 정문에는 금지의 언어가 적혀 있다. 아름다운 꽃들이 피어있던 사랑의 정원은 검은 옷의 사제들이 순시를 도는 음산한 무덤으로 바뀌어있다. 욕망과 즐거움을 가시덤불로 묶어버리는 곳에서 꽃들은 향기를 발산하지 못하고 시들어간다.

그 어떤 가르침이나 율법보다 더 중요한 것은 사랑이지만 사랑의 정원에는 사랑이 부재하다. 억압된 욕망과 금지된 사랑, 모든 죽어가는 것들이 그 자리를 대신하고 있다. 그리하여 화자는 '나는 사랑의 정원에 갔었네'라고 회상하는 것이리라.

베일을 벗지 못하는 사람들

르네 마그리트의 「연인들」은 검정색 넥타이에 흰 와이셔츠, 정장 차림의 남자와 민소매 원피스 차림의 여자가 하얀 베일을 둘러쓴 채 키스를 하고 있는 작품이다. 또 다른 작품 속 연인들도 검은 정장 차림의 남자와 원피스 차림의 여자가 베일을 쓴 채 얼굴을 맞대고 정면을 바라보고 있다.

왜 마그리트는 연인들의 얼굴에 베일을 씌웠을까? 여러 가지 추측이 있지만 그중 하나는 우울증을 앓던 어머니의 죽음이 영향을 주었다는 것이다. 13세의 마그리트가 본 어머니의 마지막 모습은 잠옷으로 가려진 얼굴과 신발을 거꾸로 신은 차디찬 주검이었다고 한다. 어릴 때의 기억이 마그리트 안에 충격으로 각인되어 흰 천을 뒤집어쓴 연인들 그림으로 표현되었으리라고 추정한다.

르네 마그리트 **연인들**(The Lovers) Ⅰ

르네 마그리트 **연인들**(The Lovers) Ⅱ 1928년

나의 '없음'과 너의 '없음'이 서로를 알아볼 때 우리 사이에는 격렬하지 않지만 무언가 고요하고 단호한 일이 일어난다.

없음은 더이상 없어질 수 없으므로, 나는 너를 떠날 필요가 없을 것이다.

— 신형철 『정확한 사랑의 실험』

사랑에 빠질 때 우리는 대상의 실체를 보지 못하고 대상에 자기가 바라는 베일을 씌워 사랑을 지속하고 싶어 한다. 베일을 벗기는 일을 영원히 유예하고 싶은 것, 상대에게 민낯을 드러내고 싶지 않은 속내인 셈이다. 가면으로든 베일로든 감추어진 사랑은 진실한 것일까? 실체를 보지 못하는 사랑의 지속성은 어느 정도일까? 그러나 다시 생각하면 상대의 모든 것을 다 받아들이겠다는 의미이기도 하고 보이지 않는 당신의 모든 것을 기꺼이 사랑하겠다는 표현일 수도 있다.

베일을 둘러쓴 그림 속 연인들의 사랑은 그 어떤 판단도 배제한 진실한 사랑일 수도 있고, 판단을 유예하기 위한 비겁한 사랑일 수도 있지만 르네 마그리트가 정한 작품 제목은 지금도 여전히 '연인들'이다. 연인들은 사랑을 얻기 위해 혹은 사랑을 유지하기 위해 비겁함과 진실함 사이를 오가야 하는 존재들인지도 모른다. 사랑을 위해 얼마나 더 비겁해져야 할지 얼마나 더 진실해져야 할지 얼마나 더 자주 얼마나 더 오래 베일을 써야 할지 알 수 없지만 그래도 연인들은 보이지 않는 얼굴과 숨소리가 느껴지는 몸을 맞대며 들숨과 날숨을 뒤섞고 있다.

사람과 사람 사이 창백한 거리 두기

리카르도 베르그 **북유럽의 여름밤**(Nordic summer evening) 1889~1900년, 리텔부르크미술관

거리두기

너무 멀지도 가깝지도 않은 거리를 유지한 두 사람이 발코니에서 백야 중인 북유럽의 저녁 풍경을 바라보고 있다. 그림 속 여성은 가수 카린 픽Karin Pyk, 남성은 스웨덴의 유진 왕자Eugen Napoleon Nicolaus인데 오스카 2세의 막내아들이었던 유진은 웁살라 대학에서 미술사를 공부하고 화가로도 활동했다.

리카르도 베르그는 이탈리아 피렌체에서 카린을 먼저 스케치하고 스웨덴으로 돌아와 유진 왕자를 그렸다고 한다. 관객이 보기에 동일한 화면에 존재하는 두 사람은 서로 다른 시공간에서 북유럽의 여름밤 속으로 들어와 있다.

1982년 북유럽 화가들의 작품 전시회 '북부의 빛'이 미국에서 열렸을 때 두 사람 사이의 거리와 적막감, 백야 그리고 그림 중앙에 위치한 배의 은유적 상징이 관객들의 시선을 끌었다 한다. 발코니 기둥에 기대어 서 있는 남자는 팔짱을 끼고 있고 아이보리색 드레스를 입은 여자는 두 손을 뒤로 모으고 있다. 서로의 시선은 눈앞에 보이는 백야의 풍경 속 어딘가에 존재한다. 그림 한 중앙에 위치한 선착장과 배는 두 사람을 상징하는 것처럼도 보이는데 배는 여인의 드레스와 같은 색이고 나무 선착장은 남자의 양복 색과 비슷하다. 선착장에 정박해있는 배는 물살의 잔잔한 흔들림에 몸을 맡기고 있을 뿐 어딘가로 떠나지 못한다. 팔짱 낀 남자의 손에 여인의 두 손이 정박되어 있다.

북유럽의 새하얀 밤, 해는 지평선 아래로 내려가지 않는다. 영원히 지지 않을 것만 같은 태양을 머리에 인 두 사람은 기둥과 기둥만큼의 간격을 유지하고 있다. 더 다가서지도 더 멀어지지도 않을 것만 같은 간격은 거리감을 느끼게 하면서도 적당한 안정감을 준다.

관계를 생각하면 흔히 고슴도치 두 마리 사이의 거리를 떠올리게 된다. 고슴도치 두 마리는 가까이 다가가 서로를 끌어안고 싶어도 서로의 가시를 의식해야 한다. 가시를 의식해 너무 멀어지면 온기를 느끼지 못하므로 온기를 느낄 수 있을 만큼의 적당한 거리가 필요하다. 애틋함에도 어느 정도의 간격이 필요하다.

사람과 사람 사이의 거리는 눈에 보이는 간격으로서의 거리만은 아니다. 아무리 가까이 있어도 마음의 척력이 서로를 밀어내고 있다면 가까이 있는 것이 아니다. 반대로 아무리 멀리 있어도 마음의 인력이 서로를 강하게 끌어당기고 있다면 멀리 있는 것이 아니다. 사람과 사람 사이 제일 어려운 것이 적당한 거리를 유지하는 것인데 '적당한'이라는 단어는 주관적이다. 어느 정도가 적당한 거리일까? 내 안에는 고슴도치의 가시 같은 것이 있어서 누군가 필요 이상으로 근접해 올 때 본능적으로 경계 심리가 생겨난다. 내가 생각하는 적당한 거리는 상대에게는 적당하지 않은 거리인 셈이다. 마찬가지로 누군가에게

다가가는 것도 내 안의 적당한 거리가 인정하는 범위 내에서만 가능하다. 다가서고 다가가는 데에는 서로의 영역을 침범하지 않을 정도의 적당함이 필요하다. 리카르도 베르그의 「북유럽의 여름밤」은 적당한 거리 두기, 적당한 온기, 적당한 차가움에 대해 생각해보게 한다.

두 가슴의 거리가 가깝지 않는 한 대화는 대화가 아니다

앙리 마티스(1869~1954)는 "화가는 어린아이가 사물을 처음 바라보는 것처럼 대상을 응시해야 한다."는 말을 입에 달고 살았다고 한다. 앙리 마티스가 1908년 시작해 5년 만에 완성한 2m 크기의 「대화」는 파란색이 주는 강렬한 바탕에 두 사람이 마주보고 있는 작품이다.

하얀 줄무늬의 청색 옷을 입고 서 있는 남자는 주머니에 손을 넣고 여자를 바라보고 있고 검은 머리, 검은 옷의 여자는 파란색 의자에 앉아 있다. 두 사람 사이 철제 장식이 있는 창문으로 나무와 잔디밭, 또 어딘가로 향하는 파란 창문이 보인다. 파란 창문 속 풍경도 줄무늬 옷의 남자와 검은 옷의 여자가 마주하는 풍경일까. 그 창문을 들여다보아도 같은 풍경이 있을 것만 같다.

마주보는 두 사람. 남자는 무언가를 말하려 하지만 파란 의자에 앉아 있는 여자의 표정은 어딘지 모르게 불편한 분위기를 자아낸다. 작품 제목은 「대화」인데 대화를 나누고 있

앙리 마티스 **대화**(Conversation) 1908~1912년, 캔버스에 유채
상트페테르부르크 예르미타시 미술관 소장

는 것처럼 보이지 않는다. 두 사람이 무슨 대화를 하든 두 사람의 거리는 창문만큼 보다 더 가까워지지 않을 것만 같다. 두 사람의 가슴은 눈에 보이는 것보다도 멀리 있고 진정한 대화를 나누지 못하는 한 가슴은 더욱 멀어져 마침내 죽은 가슴이 되어버릴 것이다.

누구든 이럴 때가 있다. 애써 무슨 말을 하기 위해 그 혹은 그녀 앞에 섰지만 아무 말도 하지 못하고 엉뚱한 말만 하게 될 때. 상대의 표정에서 어떤 냉소가 느껴질 때, 보이지 않는 거대한 벽이 느껴질 때 서로의 거리가 유난히 멀게 느껴진다.

무언가를 말하고 싶었으나 말하지 못할 때, 발화되지 못한 말들은 모두 가슴 안에 쌓인다. 어쩌면 말하지 못한 것들의 무덤이 있다면 파란 방이 아닐까. 마음에서 하고 싶은 말과 발화되는 말은 다르게 마련이고 감추어진 말과 표현되는 말 사이에 상당한 간극이 생겨날 때 마주 보는 두 사람의 대화는 대화가 될 수 없다. 한 걸음도 더 다가서지 못하고 영원히 가까워지지 않을 것 같은 그들의 가슴 속에는 발화되지 못한 말들이 쌓여 파란 멍으로 물들고 있을지 모른다. 파란 멍들이 모여 만들어진 파란 방, 파란 방 안의 두 사람은 어쩌면 당신과 나 그리고 우리들의 모습일 수도 있다.

누구나 없는 사람들

태생적으로 우리는 없음에서 시작되었다

때로 우리의 운명은 한겨울의 과일나무와 닮았다. 마른 가지에서 푸른 잎이 돋고 꽃이 피리라고 누가 생각하겠는가? 그러나 우리는 희망한다. 그리고 안다. 언젠가는 그 마른 가지에서 잎이 나고 꽃이 피리라는 것을.

— 요한 볼프강 폰 괴테

없는 사람들. 나는 가끔 존재한다. 그리고 자주 부재한다. 나의 전부가 존재하기도 하고 전부가 부재하기도 하고 일부가 존재하기도 하고 일부가 부재하기도 한다. 존재와 부재 사이 나는 가끔 나를 잊는다.

세상에 있으나 없는 것처럼 사는 사람들. 세상에서 잊힌 사람처럼 살고 싶은 날도 있다. 그런 날 나는 '없는 사람'이 되고 싶다. 어린 날 까꿍놀이처럼 눈을 감는 동안 눈앞의 모든 것은 부재하고 눈을 뜨는 순간 모든 것은 다시 존재하듯이 모든 것을 자기중심적으로 바라보던 때 세상은 눈앞에 보일 때만 존재하는 것처럼 여겨졌다.

겨울나무들은 '없음'의 나무들이다. 열매도 잎사귀도 꽃도 없는 마른 가지 끝이 거침없이 하늘을 겨누고 있다. 하늘이라는 거대한 유리에 쩍쩍 금을 낸다. 금 간 하늘로 해가 뜨고 달이 뜬다. 나무의 끝이 만들어낸 하늘의 균열. '있는' 나무가 아닌 '없는' 나무가 만들어낸 하늘 조각들이다. 하늘 조각들이 햇빛을 받아 반짝인다.

'없는' 나무는 또 어느 순간 금 간 하늘에 다시 초록을 그리기 시작할 것이다. 우리의 꿈이 '없음'에서 시작되는 것처럼 나무의 꿈도 '없음'에서 싹트고 있다. 우리 눈에 보이지 않는 것들, 우리 눈에는 '없다'고 여겨지는 것들이 깡마른 나무 어딘가에서 몽글거리며 올라올 것이다. '없음'은 '있음'을 부정하면서도 '있음' 을 강화한다. 내게 없는 것들을 헤아리

마른 나무의 끝이 하늘에 금을 내었다.
새는 하늘 조각을 삼키고 있다.

다 보면 어느 순간 내게 있는 것들을 헤아리게 된다. '없음'은 결국 어떤 형태로든 '있음'을 만들어내기 때문에 '없음'은 '있음'의 전제 조건처럼 보인다.

아직 어둠이 걷히지 않은 한겨울의 새벽, 형체가 또렷하게 보이지 않는 시간. '없는' 나무 아래 '없는' 사람들이 걷고 있다. 자궁이 없는, 가슴이 없는, 다리가 없는, 눈이 없는, 마음이 없는, 말이 없는, 양심이 없는, 배려가 없는, 기다림이 없는, 다정함이 없는, 따뜻함이 없는, 시간이 없는, 돈이 없는, 집이 없는, 빵이 없는, 직업이 없는, 몸 누일 땅 하나 없는, 아이가 없는, 부모가 없는, 가족이 없는, 친구 하나 없는 사람들… 결핍의 의미로서의 '없음'을 지닌 사람들.

반대로 궁핍이 없는, 불평불만이 없는, 좌절이 없는, 슬픔이 없는, 질병이 없는, 이기심이 없는, 분노가 없는, 사악함이 없는, 차가움이 없는 사람들도 있다. '없음'이 도리어 좋은 사람들도 있다. 어떤 이유에서건 우리는 모두 무언가 한 가지씩은 없는 사람들이다. '없음' 을 온몸으로 보여주는 겨울나무 아래 한쪽 가슴이 없는 사람이 남은 한쪽 가슴을 부풀리며 걷고 한쪽 팔이 없는 사람은 남은 한쪽 팔을 힘차게 저으며 걷는다. 희망이 없는 사람은 희망을 부풀리며 걷고 설렘이 없는 사람은 설렘을 부풀리며 걷는다. 슬픔이 없는, 아픔이 없는, 고통이 없는 사람으로 살고 싶은 소박한 '없음'의 소망을 지닌 사람들이 걷고 있다.

어떤 '없음'은 우리를 슬프게 하고, 어떤 '없음'은 우리를 좌절하게 한다. 어떤 '없음'은 우리를 빛나게 하고, 어떤 '없음'은 우리를 살게 한다. 숱한 '없음'들 속에서 나는 지극히 사소한 '있음'을 위해 살고 있다. 그러나 결국은 '없음'을 향해 간다. 그 어떤 것들도 존재하지 않는 '없음'으로.

태생적으로 우리는 '없음'에서 시작되었고 언젠가는 '없음'으로 돌아간다. 우리는 모두 본질적으로 없는 사람들이다. 누구든 언젠가는 예외 없이 세상에 없는 사람이 된다.

얼굴들은 서로 다른 이를 향하고 있다

우리는 자기 자신을 투명하게 알지 못한다.
우리에겐 직관, 의혹, 육감, 모호한 공상,
이상하게 뒤섞인 감정이 있으며,
이 모두는 단순 명료한 판단을 방해한다.

— 알랭드 보통 「영혼의 미술관」

벨기에의 상징주의 화가 제임스 엔소르의 「가면에 둘러싸인 자화상」에는 수많은 가면 사이에 가면을 쓰지 않은 엔소르가 있다. 엔소르의 어머니는 카니발 가면 등을 파는 기념품 가게를 운영하였다고 한다. 가면을 쓰기 전과 후가 확연히 달라지는 사람들의 모습을 보며 어린 엔소르는 무슨 생각을 하였을까?

가면들은 엔소르의 어제, 혹은 언젠가 지난날의 흔적일 수도 있고 어쩌면 아직 오지 않은 어느 날의 모습일 수도 있다. 우리는 흔히 페르소나를 외적 인격 혹은 가면을 쓴 인격이라 부른다. 법률 용어로 페르소나는 '사람은 누구나 얼굴이 있다.'는 평등의 가치와 '모든 얼굴은 서로 다르다.'는 개별성의 가치를 결합하고자 하는 인류의 염원이 담긴 말이었다.

많은 사회에서 가면은 사회적 역할과 정체성을 나타내는 자연스럽고 보편적인 도구로 쓰였는데 현대적 관점에서 보면 '얼굴 위의 얼굴'이라 할 수 있다. 다수의 '가면 사회'에서는 육체적 얼굴이 의미를 지니지 않고 본래의 얼굴, 즉 '진짜' 얼굴이 가면이 된다. 어쩌면 지금은 태생적 얼굴이 가면이 되어버리고 본래의 얼굴을 가린 가면이 진짜처럼 여겨지는지 모른다.

우리 몸의 윗부분에 위치한 얼굴은 감각, 감정, 느낌 등의 내부 영역과 외부 세계가 만나는 접점이다. 가면이 된 얼굴

제임스 엔소르 **가면에 둘러싸인 자화상**(Ensor with Masks) 1899년

과 얼굴이 된 가면이 공존한다.

가면을 쓰지 않은 맨얼굴의 엔소르는 살짝 비켜선 채로 정면을 응시하고, 외적 인격, 가면을 쓴 인격들은 대부분 똑바로 정면을 응시하고 있다. 슬픔과 환희, 고통과 억눌림, 어색한 미소, 찡그림과 무표정이 엔소르의 페르소나들이다. 생각해보면 그림 속 가면들이 엔소르만의 얼굴은 아니다. 내 얼굴이기도 하다.

내 얼굴 어딘가에도 섬뜩함, 분노, 흉측함, 비굴한 웃음, 어색한 미소, 무표정, 허탈, 심란함, 허무가 존재한다. 경극 배우처럼 수많은 가면을 이미 얼굴 안에 가지고 있다가 상황에 따라 그때 그때 벗어던지는 것이 아닐까. 가면들 사이에서 진짜 얼굴은 낯설다. 무엇을 보기 위함인지, 어디로 향하기 위함인지 알 수 없다.

같음과 다름이 공존하는 사람의 얼굴. 얼굴은 '얼(영혼)의 굴(통로)' 즉 영혼이 통과하는 길이라는데 제각각 어딘가를 향하는 얼굴들 사이에서 본래의 얼굴이라고 여겨지는 얼굴은 외로워 보인다.

에마뉘엘 레비나스는 "얼굴(vultus)들은 서로가 다른 이들을 향한다."고 말했다. 자신의 얼굴을 바라보는 일보다 타인의 얼굴을 바라보는 시간이 더 많기 때문에 상대의 얼굴 보기를 통해 긍정적 혹은 부정적인 관계를 맺게 되는 경우가 생겨난다.

스쳐 지나가는 사람들의 얼굴을 바라보기 위해 이국의 낯선 거리를 걸어본다. 이름 모를 수많은 사람이 지하철 개찰구를 통해 쏟아져 들어오고 쏟아져 나간다. 사람들이 풍경처럼 스친다. 사람들의 얼굴은 저마다 하나의 풍경이다. 여행지에서 마주한 평범한 사람들의 얼굴이 그 어떤 풍경보다 오래도록 기억에 남을 때도 있다. 희로애락의 언어가 새겨진 얼굴에서 그들의 삶을 유추한다.

늘 같은 시간 같은 장소에 카메라를 설치하고 지나가는 이들의 모습을 찍는 사진작가를 만난 적이 있다. 하루도 빠짐없이 사람들의 모습을 관찰하는 그는 카메라 앵글을 통해 무엇을 보았을까? 인화된 사진에서 읽어 내고자 했던 것들은 무엇이었을까? 타인의 얼굴에서 포착된 삶의 흔적들일 것이다.

일상은 무미하고 덧없다. 문득 퍼즐 맞추기를 생각한다. 퍼즐이란 완성되었을 때만 어떤 의미를 갖는 것이지 완성되기 전은 낱낱의 조각들에 불과하다. 무언가를 맞추기 위해 조각과 조각들을 연결해 본다. 이어지지 않는 난해한 조각들. 어린 시절부터 퍼즐 맞추기를 시작하는 것은 아마도 난해하고 복잡한 삶에 대한 예행연습이 아닐까. 낱낱의 사람들이 하나의 조그만 퍼즐 조각이 되어 그의 카메라 앵글에 포착되면 그는 늘 같은 거리에서 거대한 퍼즐을 맞추고 있었으리라.

여행지에서의 아침을 낯선 이의 얼굴을 읽는 것으로 시작하는 일, 한가로이 도시 여기저기를 거닐다 저녁 무렵 또다시 낯선 이의 얼굴을 읽는 것으로 마무리하는 일. 그 도시의 랜드마크를 쫓아 다니는 것보다 사람들의 얼굴을 읽는 것만큼 의미 있는 여행은 없을 것이다. 출, 퇴근길 사람들의 표정은 그 어떤 것보다도 생생하고 극적이며 거룩하다.

에마뉘엘 레비나스의 말처럼 사람의 얼굴은 서로 다른 이를 향한다. 내 얼굴의 존재 의미는 다른 이의 얼굴을 보기 위해서라고 해야 할까, 마찬가지로 다른 누군가의 얼굴도 내 얼굴을 보기 위해서 존재하는 것이라고 생각해본다. 서로가 서로를 보기 위해서 존재하는 얼굴, 그들의 얼굴 안에서 내 얼굴을 찾는다. 그러하기에 적어도 오늘만큼은 연출되지 않은 날 것의 얼굴로 다른 이의 얼굴을 바라보고 싶다.

나를 부르는 소리를 들었다

어제 누군가 내 곁에서
네 이름을 큰 소리로 불렀을 때
내겐 마치 열린 창문으로
한 송이 장미꽃이 떨어지는 것 같았다
— 비스와봐 쉼보르스카 「두 번은 없다」 부분

장미는 심장을 열어 자신의 모든 것을 세상에 내어준다.

비가 내리는 날이나 유난히 어스름한 저녁엔 뮌헨 같은 느낌을 주는 가로등이 있었다. 나를 부르던 소리와 연관되어 떠오르는 레몬 빛 가로등은 아직도 내 가슴속에 남아있다. 약속 장소로 나오지 않으면 비슷비슷한 골목을 둔 집들 근처에 와서 이름을 크게 부르겠다고 그가 말했다.

그리하지 않기를 바랐다. 그는 기린처럼 키만 컸지 실제로는 숫기 없는 소년이었다. 키에 맞는 옷이 없어서 형의 옷을 입고 다녔다. 회색 정장 바지에 팔을 약간 걷어올린 흰 셔츠를 입은 그는 대학생처럼 보였다. 숫기 없는 그가 정말 내 이름을 동네 어귀에서 크게 부를 수 있을까? 설령 용기내어 날 부른다 해도 끝내 나가지 않을 것이다.

공중전화기 앞에서 동전을 딸그락 넣어가며 전화를 걸던 시대였다. 누군가와 통화를 하려면 공중전화기 앞에 긴 줄이 생겨났다. 아마도 우체국 공중전화기 앞에 줄을 서서 앞사람의 통화가 끝나기를 기다리고 있었을 그를 생각했다.

아버지 책상 위에는 까맣고 반들거리는 다이얼식 전화기가 놓여있었다.

"따르릉, 따르릉."

아버지가 내게 전화기를 건네주었을 때는 분명 여자 목소리였는데 수화기 저편에서 그의 목소리가 들려왔다. 아버지 귀에도 들릴까 조마조마하였다. 그때 그곳으로 나와 달라고. 꼭 할 말이 있다고 했다. 어쩌면 얼굴을 마주하는 것이 서로에게 더 고통스러울 것이다. 그를 위해 나가지 않았다.

하나둘 가로등이 켜지는 고즈넉한 저녁 무렵. 누군가를 부르는 소리가 들려왔다. 계단을 살그머니 올라가 장독대 사이에서 숨죽이며 바라보았다. 정말 그가 나를 부르고 있었다. 대답 없는 부름에 이웃집 개들만 컹컹 짖었다. 싸늘한 저녁 바람이 불고 있었다. 얼마나 시간이 흘렀을까. 어느 집 대문이 열리고 누군가의 날카로운 목소리에 머쓱해진 그가 고개를 숙이며 돌아섰다. 늦가을 밤 그의 뒷모습이 내 망막에 긴 그림자로 남아있다. 무언가 뜨거운 것이 가슴에서 솟아올라왔지만, 현실은 달라지지 않는다고 애써 마음을 억눌렀다. 볼을 타고 흐르는 눈물 속에는 우리가 함께한 시간과 공간들이 뒤엉켜 있었다.

꽤 오랜 시간이 흘렀다. 우연히 그 동네 근처를 지나다 걸음을 멈추었다. 나를 부르던 그 골목을 찾기가 힘들었다. 비슷비슷한 집들이 모여 있었고 연분홍 장미 넝쿨이 흐드러지게 피어있던 유년의 집은 사라지고 없었다. 붉은 벽돌로 된 5층짜리 원룸이 들어서 있었다. 레몬 빛 가로등도 보이지 않았다.

비스와봐 쉼보르스카의 시 「두 번은 없다」를 읽을 때마다 아주 오래전 골목에 울려 퍼지던 절박하고 긴장된 목소리, 슬픔이 묻어나던 그 목소리가 떠오른다.

어제 누군가 내 곁에서
네 이름을 큰 소리로 불렀을 때
내겐 마치 열린 창문으로
한 송이 장미꽃이 떨어지는 것 같았다.

열린 창문으로 한 송이 장미꽃이 떨어지는 것 같았던 그 때의 시간으로 돌아간다. 장미? 장미가 어떤 모양이었지? 꽃이었던가? 돌이었던가? 장미가 꽃인지 돌인지는 중요하지 않다. 힘겨운 나날들을 함께 보내온 시간 나는 소중한 장미꽃을 일부러 놓쳐버렸다. 일치점을 찾아보았다면 우리는 지금 함께였을까? 그는 누군가의 창가에서 한 송이 장미꽃이 되어주었을까?

누구나 오랜 기억 속 애절하게 부르던 목소리 하나 품고 산다. 누군가를 부르는 목소리를 들으면 문득 그 저녁 나를 부르던 소리를 떠올리고 뺨에 와닿아 서걱거리던 밤바람과 힘없이 돌아서던 기린 같은 그의 뒷모습이 함께 소환된다. 긴 그림자 속에는 레몬 빛 가로등과 장미 넝쿨, 스물이라는 이름의 깊은 슬픔이 들어있었다.

로자문드를 부르는 소리가 들렸다

아름다운 로자문드의 본명은 로자문드 클리포드인데 영국왕 헨리 2세의 연인이었다고 한다. 헨리 2세는 원래 프랑스 사람이었고, 부모로부터 상속과 결혼 등을 통해 프랑스의 절반 정도를 영지로 가지고 있던 프랑스의 대귀족이면서 절대 권력자였다.

루이 7세의 왕비였던 엘리노어는 젊고 전도가 양양해 보이는 영국 왕 헨리 2세와 재혼하였는데 정치에 적극적 관여로 귀족들과도 헨리 2세와도 별로 사이가 좋지 않았다고 한다. 왕비보다 로자문드의 인기가 상대적으로 높았는데 그림에서도 로자문드는 순진무구한 여인으로 엘리노어 왕비는 마녀처럼 묘사되어 있다.

미로 같은 궁궐 속에서 눈처럼 하얀 베일을 쓰고 푸른 드레스를 입은 로자문드는 헨리 2세를 묘사한 자수를 뜨면서 창밖을 바라보고 있다. 커튼 뒤에는 왕비가 로자문드를 죽이기 위해 숨어들어와 기회를 엿보고 있다. 누군가 아름다운 로자문드를 부르지는 않은지? 어디선가 헨리2세의 말발굽 소리가 들려오지 않은지? 창밖에서 들려오는 혹은 들려오기를 바라는 소리에 귀기울이느라 로자문드는 바로 곁에 다가온 위험을 알지 못한다.

창가에 연분홍 장미 넝쿨이 보인다. 누군가를 부르는 소리는 그녀 가슴에 장미 한 송이가 들어와 박히는 것 같았으리

존 윌리엄 워터하우스 **아름다운 로자문드**(Fair Rosamund) 1917년

라. 푸른 옷의 정결한 성녀 같은 로자문드는 헨리 2세의 정식 왕비가 되지도 못하고 수도원에서 젊은 나이로 생을 마감하였다. 시선을 창밖 어딘가에 두고, 바람에 실려 오는 소리에 귀기울이다가 금방이라도 달려 나갈 것 같은 로자문드의 간절한 모습은 아주 오래전 귀로는 끊임없이 그의 목소리를 좇으면서도 그에게 가지 않았던 어리석음을 떠올리게 한다.

시간이 가면 잊힐 거라 생각했던 목소리들은 가슴 안에 둥지를 틀었다. 골목 어귀에서 울리던 목소리가 나를 향한 것임에도 응답하지 않았던 비겁함. 지금은 사라지고 없는 골목, 지금은 사라지고 없는 그 모든 시간의 흔적들, 돌아가기엔 너무 멀리 와 버렸다. 그 밤, 골목에 울려 퍼지던 목소리, 목소리를 남기고 간 기린 같은 그는 어디에서 어떻게 살고 있을까?

장미는 심장을 열어 자신의 모든 것을 세상에 내어주었지만, 그의 가슴엔 그 저녁에 나를 부르던 장미 한 송이가 돌로 박혔으리라. 레몬 빛 가로등만 가슴에 남아 깜박인다.

사랑은 적혈구들의 즐거운 춤

사랑

사랑이 그대들을 부르면 그를 따르라.
비록 그 길이 험하고 가파를지라도
사랑의 날개가 그대들을 감싸 안을 때 전신을 허락하라
비록 사랑의 날개 속에 숨은 칼이 그대들을 상처 받게 할지라도
사랑이 그대들에게 말할 때 그 말을 믿으라
비록 북풍이 저 뜰을 폐허로 만들듯
사랑의 목소리가 그대들의 꿈을 흐트러뜨려 놓을지라도
사랑이란 그대들에게 영광의 관을 씌우는 만큼
또 그대들을 괴롭히는 것이기에
사랑이란 그대들을 성숙시키는 만큼
또 그대들을 베어버리기도 하는 것이기에

— 칼릴 지브란 「사랑에 대하여」

클림트의 「키스」, 남녀의 손과 얼굴은 사실적으로 묘사되어 있으나 옷과 배경은 기하학적이다. 직사각형, 타원, 삼각형, 소용돌이 모양, 금빛 채색 속 도형들은 질서와 무질서의 공존을 보여준다. 찬란한 황금색이 우리의 시선을 붙잡는다. 태양이 쪼개져 땅속 깊숙이 박힌 것이 금이라 하는데 금빛 옷을 입은 두 사람은 지금 태양처럼 뜨거운 사랑을 나누는 중이다.

그림 속 패턴에는 클림트만의 생물학적 은유가 숨어있다고 한다. 남자의 황금빛 가운에는 주로 흑백의 직사각형이 가득하고 여자 옷에는 동심원이 가득하다. 남녀 옷을 장식하고 있는 패턴을 정자, 난자, 혈액 속 적혈구로 해석하는 사람도 있지만 클림트의 의도를 우리가 온전히 알 수는 없다.

공간적으로 두 남녀가 키스에 몰입해 있는 장소는 절벽처럼 보인다. 여인의 발끝은 절벽 끝에 닻처럼 정박해 있다. 서로에게 몰입해 있으나 위태로운 사랑. 그들의 사랑은 평지가 아닌 절벽 끝에서 이루어지고 있다. 사랑 외에는 아무것도 없는, 사랑 외에는 아무것도 필요하지 않는 것처럼 보이는 그들은 사랑에 모든 것을 걸고 있다.

'비록 그 길이 험하고 가파를지라도 사랑의 날개가 그대들을 감싸 안을 때 전신을 허락하라. 비록 사랑의 날개 속에 숨은 칼이 그대들을 상처 받게 할지라도.'

두 사람의 사랑이 완성되는 곳은 절벽 끝이다. 본능에 모

구스타프 클림트 **키스** Liebespaar (Kuss), 캔버스에 유채, 180×180㎝, 1907년~1908년

든 것을 의지해야 하는 최적의 장소다. 바로 그 극한의 장소에서 혈액 속 적혈구들의 뜨거운 춤이 벌어지고 있다. 사랑은 자아의 포기를 전제하기에 절대적이다. 사랑의 진정한 본질은 자신에 대한 의식을 포기하고 다른 자아 속에서 스스로를 잊어버린다는 점에 있다. 마르실리오 피치노는 "사랑이란 타자 속에서 죽는 것이며 타자를 위해 나 자신을 잃어버리지만 타자는 그런 나를 다시 일으켜 세워주고 이 과정에서 다시 자신을 되찾을 수 있다."고 말한다.

클림트의 「키스」에 나오는 두 사람은 지금 절벽 끝에서 "우리 안에서 사랑이 죽음과 같지 않다면 그것은 사랑이 아니다."라고 말하고 있다. 두 사람은 각자 자기 자신에게서 걸어나와 상대에게 건너간다. 개별화된 자기 안에서는 사멸하지만 서로의 몸안에서 다시 소생한다. 사멸하고 소생하는 그들은 죽음과도 같은 사랑을 나누고 있다.

클림트의 「키스」에서는 보이지도 않고 형체도 없는 추상적인 사랑이 그 자체로 살아 움직이는 것처럼 보인다. 그들에게 사랑은 서로의 몸안에서 살기 위한 혈액 속 적혈구들의 뜨거운 꿈틀거림이고 서로를 위해 기꺼이 죽을 수 있는 격렬한 춤이다.

사랑 외에는 아무것도 없는 상황까지 가 보질 않았다. 나는 늘 사랑 앞에서도 판단을 하곤 했고 사랑의 한복판에서도 다음 사랑으로 건너감을 먼저 생각했다. 어느 순간 사랑이 부담스러워지기 시작하면 굳이 절벽 끝까지 갈 필요도 없이 중간에서 멈춰버리곤 했다. 사랑을 위해 절벽 끝의 위태로움까지 받아들이고 싶지 않았다. 머릿속으로 끊임없이 이상과 현실의 대차대조표를 작성하는 한 나는 영원히 클림트 스타일의 완전한 사랑에 이를 수 없었다.

절벽이 아닌 평지에서 마주한 사랑

'사랑'이라는 단어가 아침드라마에서나 쓸 수 있는 금기어처럼 여겨질 때가 있다. 사랑의 포화 상태, 도처에 사랑은 존재하지만 사랑은 존재하지 않는 것처럼 생각된다. 사랑을 원하는 것인지 사람을 원하는 것인지. 사랑은 보이지 않는 것이고 때로는 사람만 보인다. 함께할 사람을 원하는 것을 사랑이라 부를 수 있을까? 사람과 함께 오는 그 모든 것을 원하는 것이 사랑일까? 오직 사람만을 원하는 것이 사랑일까? 사랑의 정의는 모호하다. 원하는 것이 곧 사랑하는 것인가? 원하니까 사랑하는 것하고 사랑하니까 원하는 것은 참 많이 다르다.

낯선 이들을 바라보는 일은 흥미롭다. 버스를 기다리는 이, 횡단보도를 걷는 이, 마트에서 무언가를 사는 이들, 특정한 관계로 규정되지 않은 누군가를 아무 부담없이 바라본다. 우리는 모두 그냥 누군가의 누군가들이다. '주의깊게 보다'가 아닌 '그냥 보다' 즉 시선 가는 대로 사람들을 바라본다.

일상에서 가식적이지 않은 존재 그대로의 사랑을 보았다. 마트 계산대 앞 청바지에 흰 셔츠를 맞춰 입은 중년 부부에게 시선이 고정된다. 남편은 계산대에 물건을 하나씩 하나씩 올려놓고 아내는 계산대 위의 물건을 정돈하며 남편을 보고 웃는다. 서로 마주 보고 웃는다. 남편의 흰 티셔츠 칼라를 세워주며 아내는 속삭이듯 말한다. 쇼핑한 물건을 장바구니에 담으면서도 쉼 없이 웃고 또 무언가를 말하며 웃는다.

그들 안의 무엇이 내 시선을 붙잡고 있는 것일까? 주차장으로 가는 내내 얼굴을 맞대고 무언가를 말하며 또 서로 웃고 있다. 군데군데 흰머리가 보이는 희끗희끗한 머리칼. 명품 티셔츠를 입은 것도 아니고 흰색 면 티셔츠에 청바지를 세트로 입은 지극히 평범한 그들에게서 클림트의 찬란한 금빛이 쏟아져 나온다. 그들에겐 마주 보고 할 말이 아직 많이 남아있고 웃음 지을 것들이 여전히 많이 남아있는 모양이다.

사실 부부가 오랫동안 함께 살다 보면 상대의 눈빛만 보아도 모든 것을 알아차릴 수 있다. 이미 익숙해져서 웃음이나 대화는 정해진 매뉴얼 같다. '이럴 땐 이런 식의 반응을 해야겠지.', '이런 말을 하면 기분 상할 테니 말하지 않는 게 좋을 것 같아.' 대본을 외우는 배우들처럼 매뉴얼 같은 삶을 살아간다. 상대를 배려한다는 측면에서 보면 좋은 의미의 길들임이지만 다른 시각으로 보면 타성적이고 진부한 길들임이다.

누구든 연둣빛 사랑의 기억을 품고 있다.

서로를 길들이고, 서로에게 길드는 것이 현대인의 결혼생활이 아닐까. 적당히 웃고 적당히 표정 관리를 하는 것. 상대방의 시선을 의식하는 것. 드러내지 못하는 것들은 마음 아래에서 상처가 된다. 서로를 해치지 않으려고 뾰족해지는 마음을 감추려 안간힘을 쓰다 보니 병드는 이는 자신이다.

쉼 없이 마주 보고 웃고 이야기를 나누는 그들에게서 야생의 아름다움을 보고 타오르는 적혈구들의 춤을 본다. 타인의 시선에 아랑곳하지 않고 오직 서로만을 지극하게 바라보는 것. 그들의 사랑은 언제, 어디서든 한결같을 것이다. 단순하지만 산뜻한 흰 티셔츠와 청바지에는 여전히 푸른 시간이 있고 눈빛에는 존중이 스며있고 입가에는 배려가 머문다. 절벽에서의 위태로운 사랑이 아닌 일상의 사랑에서도 혈액 속 적혈구들의 즐거운 춤은 계속되고 있다.

길들지 않은 여전히 찬연한 것, 여전히 야생적인 것들을 나는 감히 '사랑'이라 부르고 싶다. 숲길에서 발견한 풀, 잎사귀가 완벽한 하트다. 인위적으로 만든다고 해도 이토록 완벽한 하트를 만들지는 못할 것이다. 자연이 만든 거룩한 연둣빛 하트 앞에서 또다시 흰 티셔츠 청바지 부부의 찬란한 미소를 떠올리고 있다.

너를 기다리는 동안 나도 가고 있다

모든 시작은 기다림의 끝이다.
우리는 모두 단 한 번의 기회를 만난다.
우리는 모두 한 사람 한 사람 불가능하면서도 필연적인 존재들이다.
모든 우거진 나무의 시작은 기다림을 포기하지 않은 씨앗이었다.

— 호프 자런 『랩 걸』

씨앗을 심는다. 까맣고 작은 씨앗, 동글동글하거나 길쭉하거나 매끈하거나 거친 씨앗. 땅속으로 묻은 씨앗이 땅 위로 싹을 내밀 때 씨앗은 더이상 씨앗이 아니다. 땅 위로 솟아오른 연초록 직립이다. 아무것도 보이지 않는 깊은 곳에서 힘겹게 흙을 밀어내며 올라오는 일, 어느 순간 자신의 존재를 증명하는 일, 보란듯 눈부시게 솟아오르는 일, 보이지 않는 곳에서 자기 투쟁의 결과다.

씨앗을 심고 그 씨앗이 저절로 움터서 땅 위로 올라오기를 기다리지 못하고 그 안에 무엇이 들어있는지 알아내기 위해 쪼개버린다면 씨앗은 해체된 생명이다. 앎을 충족하기 위해 대상의 파괴가 선행되어야 한다면 진정한 앎이라 할 수 없다. 무언가를 진정으로 알아가길 원한다면 기다림이 필요하다. 끝이 보이지 않는 기다림은 때로 버겁고 힘들다.

사람들은 수많은 불신과 확신 사이에서 방황하고 자기 연민과 자책에 시달린다. 보이지 않는 것을 희망하라는 말만큼이나 보이지 않는 무언가를 기다리는 일은 공허한 일처럼 여겨진다. 앞이 보이지 않음에도 전진해야 하는 것처럼 변화를 만들어내는 것은 어쩌면 간절함과 끝이 보이지 않는 기다림이다. 삶은 기다림의 결과물이다.

인디언들은 세도나(Sedona) 언덕에서 잠시 말을 멈추고 너무 빨리 달려 미처 쫓아오지 못한 자신의 영혼을 기다린다고 한다. 속도 사회에서 기다림이란 늘 어려운 일이다. 영혼이 쫓아오지 못할 정도로 빠르게 달리는 사람들은 중요한 것들을 놓치고 살아간다. 영혼을 기다리기 위해 멈춰서는 저마다의 세도나 언덕은 어디일까? 미처 쫓아오지 못한 영혼을 기다리는 장소, 나만의 세도나 언덕은 어디일까?

> 오지 않는 너를 기다리며
> 마침내 나는 너에게 간다
> 아주 먼 데서 나는 너에게 가고
> 아주 오랜 세월을 다하여 너는 지금 오고 있다
> 아주 먼 데서 지금도 천천히 오고 있는 너를
> 너를 기다리는 동안 나도 가고 있다
>
> — 황지우 「너를 기다리는 동안」 부분

누군가를 기다리는 일에 대해 황지우 시인은 「너를 기다리는 동안」에서 다음과 같이 말한다.

> 기다려 본 적이 있는 사람은 안다
> 세상에서 기다리는 일처럼 가슴 애리는 일 있을까

누군가를 기다리기 위해 일부러 약속 장소에 일찍 간다. 별다른 일이 없으면 약속 장소에 30분 정도 일찍 도착하여 창가 쪽에 자리를 잡고 그 혹은 그녀가 오기 전까지 책을 보며 기다린다. 가끔 문을 열고 들어오는 누군가를 살피고 창가 쪽으

모딜리아니 **반 뮈덴 부인의 초상**(Madame G. van Muyden) 1917년

로 고개를 돌려 걸어오고 있는 수많은 누군가를 바라본다.

기다리는 시간은 축복의 시간이다. 만남은 기다림의 다른 말인지도 모른다. 차가 밀리거나 다른 이유로 그 혹은 그녀가 평소 시간보다 훨씬 늦게 도착하여도 마음은 평안하다. 그곳에서의 기다림만으로도 충분히 의미 있는 일이니까. 또각거리며 서둘러 들어서는 누군가의 미안한 표정을 바라보는 일도 재미있으니까.

어쩌면 기다리기 위해 약속을 정하는지도 모른다. 전망 좋은 곳에 자리를 잡고 기다리는 일, 기다리는 동안 수많은 것들을 한다. 가방에서 무언가를 꺼내 메모를 하거나 읽다만 책을 보거나, 사람들이 풍경 속으로 스며드는 것을 관찰한다. 기다리는 일은 즐거운 유희다. 햇살 비치는 창가나 가로등이 켜지는 저녁 무렵 창가에서 지나가는 사람들을 바라보는 일도 약속의 일부다.

기다리는 동안 청록색 바탕에 어깨를 드러낸 여인의 초상을 바라본다. 모딜리아니의 작품에 등장하는 여인들은 목이 유난히 길고 얼굴 또한 갸름하면서 길다. 긴 목은 오랜 기다림의 상징처럼 보인다. 터키 블루빛 눈에는 눈동자가 구별되어 있기도 하고 그렇지 않기도 하다. 모딜리아니 작품 속 여인들의 눈빛은 관조하는 눈빛이며 기다리는 자의 눈빛이다. 발자국을 따라 여인의 터키 블루빛 눈도 흔들린다. 여인은 이미 가고 있는 것처럼 보인다. 오랜 세월을 다하여 아주 먼 데서 오고 있는 누군가를 마중하기 위하여 그리고 오랜 세월을 다하여 아주 먼 데서 오고 있는 무언가를 마중하기 위하여.

어떤 기다림은 때로 이별을 통보한다

테이블마다 촛불이 놓여있던 카페가 있었다. 일부러 촛불을 켜는 시간에 맞춰 약속을 잡았다. 지금은 카페 이름조차 기억하지 못하지만 삐걱거리는 좁은 계단을 올라가면 "우리 뉴욕에 가자."라는 문구가 빼곡히 적혀있던 화사한 핑크빛 벽지만큼은 선명히 떠오른다. "우리 뉴욕에 갈까?"도 아니고 "우리 뉴욕에 가자."라고 말하는 누군가의 목소리가 들리는 듯하다.

여느 때와 달리 유난히 늦는 그를 기다리며 창밖으로 고개를 내민다. 가로등 불빛 아래 일시에 흩어지고 모이는 사람들. 횡단보도 위의 질서 정연한 이른 저녁의 행진들. 수많은 사람 속 그를 찾아본다. 삐걱거리는 계단에서 들려오는 그의 발소리에 내 청각은 민감하게 반응한다.

촛불을 바라보는 표정이 낯설다. 마주한 눈동자 속에 내가 없다. 시선을 외면한 지가 어쩌면 꽤 오래되었는지도 모른다. 촛불을 사이에 두고 헤어짐을 이야기한다. 위태롭게 흔들리는 촛불은 지금 삶을 연소시키는 중이다. 예감하고 있었지만 입을 통해 또박또박 발화되는 이별 선언은 당황스럽다. 그런데도 나는 어처구니없게 "우리 함께 뉴욕에 가자."라는 문장을 나직이 읊조리고 있었다. '우리 함께'도 '뉴욕에 가자'도 불가능한 일이 되었다.

촛불 켜진 그 저녁의 카페와 이별 통보를 받기 위해 기다리던 그 저녁의 흔들리던 촛불, "우리 함께 뉴욕에 가자."던 메시지가 중첩되어 떠오르곤 한다. 지금은 갈 수 없고 지금은 기다릴 수도 없는 그 저녁의 시간이다. 기다림의 끝은 혼자되는 시간이었다.

사람들은 누구나 기다리는 사람들이다. 사랑이든, 이별이든, 택배든, 선물이든, 합격이든, 그것이 무엇이든 저마다의 무언가를, 저마다의 누군가를 쉴 새 없이 기다리면서 생을 보낸다.

생의 끄트머리에 이르면 이제 기다리지 않아도 될까. 그때는 아마도 다가올 이별과 죽음을 기다릴지도 모르겠다. 그리 생각하면 우리는 평생을 기다림에 소모하는 사람들이다. 온 생을 다해 기다리는 일은 시간을 견디는 일, 기다림에서 삶의 의미를 찾아가는 일이다. 기다리는 자세에 따라 선물은 달라진다. 원래 오려던 것에서 왜곡되거나 축소되거나 부풀려진다. 멈추어 있기를 바라지만 시간은 자꾸만 줄달음질친다. 멀어져간 숫자들과 다가오는 숫자들 사이 오늘에 시선이 멈춘다. 오늘은 어제의 기다림이 만든 결과물이다. 달력의 숫자들은 결국 모든 기다림의 흔적이다. 내일 도착할지도 모를 인생의 선물을 위해 오늘 제대로 된 기다림의 자세를 고민해보아야 한다.

당신과 나 사이
파랑 바람이 불어옵니다

마주보기

너와 내가
당신과 당신이
마주봅니다
파랑 바람이 붑니다
(…)
우리가 쌓아 온 적막 속에서
우리가 부숴 온 폐허 위에서
(…)
피곤에 지친 눈을 들어
사랑에 주린 눈을 들어
(…)
마술의 시작입니다

— 에리히 캐스트너 「마주보기」 부분

마주 보는 것. 누군가를 마주 보는 것, 핏발 선 눈으로 허청허청 미라 같은 몸으로 이리저리 몰려다니는 사람들은 무엇에 주려 있는 것인지. 쌓아온 적막과 부숴 온 폐허 위에서 서로를 마주 보고 그 사이로 파랑 바람이 분다. 일상의 피곤에 지친 눈과 사랑에 주린 눈을 들어 다시 서로 마주 볼 때 마술이 시작된다고 시인은 말한다.

마주 보는 당신과 나 사이의 공간은 강이 되기도 하고 침묵이 되기도 한다. 생에 대해서 그리고 세상에 대해서 어느 순간 비겁해질 때가 있다. 마주 보기가 두려워지는 것은 세상살이에 자신이 없다는 의미일지도 모른다. 마주 본다는 것은 생에 맞선다는 의미일까, 생을 있는 그대로 받아들인다는 의미일까?

나를 마주 본다. 거울 앞에서, 오직 거울을 통해서, 거울을 통하지 않고서는 나를 마주 볼 수 없다. 유리로 된 출입문 앞을 지날 때면 사람들은 본능적으로 유리에 비친 자신을 바라본다. 유리문 앞에서 아주 잠깐이라도 자신을 보기 위해 멈추는 사람들, 눈은 한순간도 쉬지 않고 깜박이며 눈앞에 보이는 모든 정보를 망막에 새긴다.

거울을 보면서 어제와 다른 점을 찾으려고 애쓴다. 눈동자는 조금 충혈된 듯싶고, 양볼에 홍조가 어린 것도 같다. 이마에는 조그만 뾰루지 몇 개가 생겨났고 이마에서 머리로 이어지는 경계부에는 희끗희끗한 흰머리가 몇 개 더 늘어났다. 거울 속 나를 보면서 혀를 내밀어 보고 혓바늘이 사라졌는지를 살피고 며칠 전부터 아린 어금니의 상태를 살핀다.

입꼬리를 올려도 보고 눈을 크게 떠보기도 한다. 일부러 분노한 표정을 지어보기도 한다. 그냥 웃으니 거울 속 내가 따라 웃는다. 거울 속 나는 광대처럼 같은 행동을 따라 한다. 내가 무얼 하든 비난하지 않고 따라 하는 것은 질리지 않는 유희처럼 보인다.

거울 속 내가 거울 밖의 나를 응시한다. 거울에 비치는 몸을 연민 가득한 시선으로 바라본다. 포장하지 않은 민낯, 세월의 옹이와 굴곡을 그대로 지닌 몸. 지난한 세월이 그려낸 무늬가 정직하게 새겨져 있다. 조금 더 생기 있는 몸, 조금 더 행복한 표정의 얼굴을 만들 수는 없었는지 거울 속 내가 거울 밖의 내게 묻고 있다. 수없이 풍화, 침식, 퇴적의 과정을 반복하는 삶 속에서 스스로에게 왜 그리 친절하지 못하였는가를, 왜 그리 정성을 다하지 못하였는가를 묻고 있다.

다시 검은 눈동자를 응시한다. 어제의 나와 오늘의 나, 신화를 만들기 위해 살아온 시간이다. 골짜기처럼 깊게 파인 주름, 처진 얼굴, 슬픈 눈동자조차도 신화의 증거다. 날마다 아무도 알아주지 않는 신화를 쓰며 살아가고 있다. 오직 자신에게만은 부끄럽지 않은 신화를 써야 한다고 거울 속의 나를 보며 다짐한다.

쌓아온 적막과 무수히 부숴 온 폐허 속에서 피곤에 지친 눈, 사랑에 주린 눈으로 나를 마주 보고 서있다. 어느 순간 나와 나 사이 파랑 바람이 불어오고 연초록 싹이 움트기 시작한다면 그때가 바로 부끄럽지 않은 신화의 또 다른 시작인 것이다.

사람들은 모두 점으로 존재하다
점으로 사라진다

벨 에포크 시대,

수많은 점들 속에서 쇠라가 표현하고 싶었던 것은

과일이 쾌락으로 녹아가듯이,

과일이 제 모습 죽어가는 입속에서

없어짐을 즐거움으로 변화시키듯이,

나는 여기서 미래의 내 연기를 들이마시고

하늘은 웅성거리는 해변의 변화를

소진된 영혼에게 노래한다.

— 폴 발레리 「해변의 묘지」 부분

조르주 쇠라 **그랑자트섬의 일요일 오후**(A Sunday Afternoon on the Island of La Grande Jatte) 1884~1886년

조르주 쇠라의 「그랑자트섬의 일요일 오후」는 광학적 이론과 이상적 미학의 기준에 부합되는 작품이다. 쇠라는 그림에 광학적 특성을 부각하기 위해 점과 짧은 막대를 그려 새로운 색의 효과를 만들었다. 숱한 시행착오를 거쳐 탄생한 이 작품을 비평가들은 "생동하는 빛, 풍부한 색상, 달콤하며 시적인 조화"라 평했다고 한다.

한 편의 시처럼 보이는 그림 「그랑자트 섬의 일요일 오후」

에는 파리 서쪽 외곽에 있는 그랑자트섬에서 여유롭게 휴식을 즐기는 사람들의 모습이 그려져 있다. 프랑스어로 그랑드(grand)는 '크다'의 의미이고 자트(jatte)는 '둥근 그릇'을 말하는데, 이 섬이 마치 크고 둥근 그릇을 옆에서 본 모양처럼 생긴 데서 붙여진 이름이라 한다. 쇠라가 그림을 완성하는 데 무려 3년의 세월이 걸렸다고 한다. 이 그림은 무명 화가였던 그를 유명하게 만들어 준 작품이면서 서른 하나라는 젊은 나이로 세상을 떠난 그를 후대 사람들이 기억하게 하는 강렬한 작품이기도 하다.

파리 외곽에 있는 그랑자트섬은 아름다운 경치 때문인지 늘 사람들로 붐볐는데 불륜, 매춘, 밀회의 장소로 유명했다고 한다. 같은 그림에 대한 해석은 보는 이의 관점에 따라 달라진다. 그랑자트섬에 대한 정보가 하나도 없을 때는 이상적인 곳, 몽환적 유토피아로 생각되었다. 일상의 삶에 지친 이들이 연초록 잔디밭에 앉거나 누워서 물위에 떠 있는 요트를 보거나 풍경을 응시하는 평화로운 모습으로 보인다.

양산을 받쳐 든 귀부인들, 모자를 쓰고 우아한 표정으로 걷는 여인들, 뛰노는 아이들, 주인을 따라 산책 나온 개, 원숭이, 중절모를 쓰고 슈트를 잘 차려입은 신사, 반바지에 캡 모자를 쓴 남자. 수많은 사람이 일요일 오후를 즐기고 있다. 대부분 같은 방향을 바라보는데 그림의 한 중앙 하얀 원피스를 입은 여자 아이와 양산을 쓴 호리호리한 여인만이 정면을 향한 채로 걷고 있다.

하루하루 쫓기듯 살던 때 날마다 쇠라의 「그랑자트섬의 일요일 오후」 같은 삶을 꿈꾸곤 했다. 프랑스어로 '벨 에포크'(La belle 'epoque)는 아름다운 시절을 뜻한다고 한다. 경제적 번성에 힘입어 활기차고 평화로운 분위기가 벨 에포크를 주도했다. 나무 아래 풀밭에 앉아있는 사람들을 바라보는 것만으로도 힐링이 되었고 진초록과 연초록이 주는 생동감은 일상에 활력을 불어넣어 주었다. 하지만 아는 만큼 보인다더니 그랑자트섬이 매춘과 불륜으로 유명한 섬이라는 정보를 가지고 들여다보니 잘 차려입은 커플들은 밀회를 즐기는 커플처럼 보인다. 특히나 검은 우산을 쓰고 검은색 상의, 허리 라인이 강조된 스커트를 입은 여인은 원숭이와 개를 데리고 있다. 그림에 등장하는 원숭이 이미지는 주로 방탕의 상징이라 하니 더 이상 평화로운 휴식의 유토피아처럼 보이지 않는다. 낚싯대를 드리우고 서 있는 주황색 드레스의 여인은 무료한 시간 동안 물고기를 낚기 위함인지 고객을 낚기 위함인지 알 수 없다.

해변가를 걷는 두 남자가 경찰이라는 전제로 보면 유원지에서 발생할 수 있는 만일의 사태에 대비하기 위해 순찰을 하는 것이라 해석할 수도 있는데 이 섬이 성매매로 유명한 곳이라는 단서를 가지고 보면 불법성매매 단속을 위해 순찰하는 것처럼 보인다. 그 순간 그랑자트섬의 일요일 오후를 즐기는 사람들이 모두 은밀한 범죄를 꿈꾸는 사람들처럼 여겨진다. 마네킹처럼 비슷비슷한 스타일의 사람들, 익명성의 얼굴, 눈 코 입도 부정확한 사람들, 웃고 있는지, 말을 하고 있는지, 침묵 중인지조차 알 수 없다.

같은 그림 속 동일한 인물, 동일한 풍경도 어떤 단서에 집중하여 어떤 관점으로 바라보느냐에 따라 정반대로 해석된다. 현대에는 익명의 사람들 얼굴을 모자이크 처리하는 것을 1800년대 점묘법의 창시자인 조르주 쇠라는 이미 알고 있었을까? 특히나 불법 매춘으로 상당히 유명했다는 그랑자트섬이라 생각하면 당시 점묘법으로 사람들의 얼굴을 모자이크 처리한 쇠라는 탁월한 식견을 지닌 화가임이 틀림없다.

바라보는 이의 관점이 어떠하건 그림 속 등장인물들이 어떤 의도를 가지고 있던 햇살 내리쬐는 일요일 오후 그랑자트섬의 풍경은 아름답다. 사랑이든 불륜이든 호객행위든 밀회든 휴식과 충전이든 그랑자트섬을 찾은 사람들에게 도덕의 잣대를 들이대는 것은 무의미하다.

신분이나 계급과는 무관하게 일요일 오후의 휴식을 위해 그랑자트섬을 찾은 사람들, 당시의 그들도 '지금 그리고 현재'라는 시점을 최대한으로 즐기고 싶은 열망을 지닌 사람들이었다는 것은 분명하다.

수백만 개의 점들이 모여 하나의 거대한 작품을 완성하기까지 낱낱의 점 속에 쇠라가 구현하고자 했던 것은 무엇이었을까? 스물다섯에 「그랑자트섬의 일요일 오후」를 그리기 시작해 완성까지 2년의 세월이 흘렀고, 서른한 살의 나이로 세상을 떠나기까지 그의 짧은 생이 작품 속 점들에 스며있다. 쇠라는 작품 속 수많은 이들의 모습을 표현하기 위해 점을 찍으면서 존재란 결국 하나의 점으로부터 출발한다는 것을 이야기하고 싶었던 것일까? 웃고 있지 않은 사람들, 어딘가를 응시하는 사람들, 나란히 서 있는 사람들, 홀로 서있는 사람들은 모두 점으로부터 시작되어 점으로 존재하다가 점으로 사라질 사람들이다.

태양의 날, 달의 날, 불의 날, 물의 날, 나무의 날, 금의 날, 흙의 날이 무한 반복되고 있다. 일요일은 태양의 날이다. 1800년대 어느 햇살 좋은 날 그랑자트섬에는 태양의 날을 제대로 즐기고 싶은 수많은 사람들이 있었고 그들만의 뜨거운 태양이 타고 있었을 것이다. 태양 또한 쇠라에겐 단지 커다랗고 뜨거운 빨간 점에 불과했을지 모른다. 웅크리고 앉아 캔버스 위에 무수히 점을 찍었을 쇠라는 지금 어디서 무엇이 되어있을까? 벨 에포크 시대를 살고 있었다면 그의 작품 속 나는 어디에 어떤 모습으로 존재할까?

한 사람은 별을 알고
한 사람은 폭풍을 안다

두 사람이 노를 젓는다
한 척의 배를
한 사람은
별을 알고
한 사람은
폭풍을 안다

— 라이너 쿤체 「두 사람」 부분

한 사람은 별을 알고 한 사람은 폭풍을 안다. 한 사람은 별을 통과해 배를 안내하고, 한 사람은 폭풍을 통과해 배를 안내할 것이다. 두 사람은 전혀 다른 지향을 가지고 살아가는 사람이면서 한 배에 탄 운명 공동체다. '별'은 이상을 '폭풍'은 현실을 상징하는 것처럼 보인다. 별을 통과하든, 폭풍을 통과하든 항해의 마지막에 이르렀을 때는 기억 속 바다가 파란색이기를 바라는 시인의 마음이 전해온다.

진부한 표현이지만 삶은 항해와 같다고들 한다. 변화무쌍한 바다에서 폭풍을 만나는 것은 항해하는 이에게는 흔한 일이다. 폭풍을 피하는 방법도 잘 알아야 하지만 별빛을 좇는 일도 소홀히 해서는 안 된다. 삶에서 이상과 현실이 조화를 이루기란 참 어렵다. 이상이 앞서면 현실은 무력해지고 현실이 앞서년 품어야 할 이상이 소멸해버린다.

별빛은 추구해야 할 이상적이고 원대한 길잡이지만 폭풍은 당장 눈앞에 닥치는 현실이기에 사람들은 별빛보다 폭풍에 민감하다. 배를 전복시킬 정도의 폭풍이 아니더라도 견디기 힘든 사람들이 있다. 폭풍의 강도는 받아들이는 이의 결에 따라 달라진다.

삶의 폭풍으로부터 자유로울 수 없지만 눈앞에 다가오는 폭풍에만 매달린다면 삶은 허기지고 고통스러울 것이다. 사람이 고통스러운 것은 그 별에 이르지 못해서가 아니라 이를 수 있는, 이르고 싶은 별을 품고 있지 않기 때문이라 한다. 저마다의 별빛을 품고 다가오는 폭풍을 견뎌내는 일이 인생이 아닐까. 삶의 바다에 있는 한 폭풍이 오지 않을 리 없다. 예고 없이 다가오는 폭풍 앞에 가끔 하늘을 보며 별빛을 품을 수 있다면 그래도 견딜 만한 인생일 것이다.

한 사람이 노를 저으면서 별빛과 폭풍의 의미를 동시에 알아차릴 능력이 있다면 그는 초인이 아닐까. 누구든 온전하지 않기에, 혼자서는 어쩌면 불가능할 수도 있기에 라이너 쿤체는 '두 사람'이라고 제목을 지은 듯싶다.

한 사람은 별을 통과해 배를 안내하고 한 사람은 폭풍을 통과해 배를 안내한다. 배는 결국 폭풍과 별빛을 거쳐 두 사람의 의지대로 움직인다. 시인의 말처럼 마침내 끝에 이르렀을 때 기억 속 바다는 언제나 파란색일 것이다.

쿤체의 시를 읽으며 머릿속에 떠오르는 두 사람은 마르크 샤갈과 아내 벨라 로젠필트였다. 가난한 유대인 무명 화가와 유복한 상인 집안의 딸, 이루어질 수 없는 조합이었다. 1909년 벨라와의 첫 만남을 샤갈은 이렇게 회고했다.

> 그녀의 침묵은 나의 것, 그녀의 눈도 나의 것입니다. 나는 벨라가 내 과거, 현재, 미래까지 언제나 나를 알고 있었던 것처럼 느껴집니다. 벨라와 처음 만나던 순간 그녀는 나의 가장 깊숙한 내면을 꿰뚫어 보는 것 같았고 나는 그녀가 바로 내 아내가 될 사람이라는 것을 알았습니다.

파리에서 화가로서 명성을 얻게 된 샤갈은 비테프스크로 돌아가 그녀에게 청혼하고 행복한 시간을 보낸다. 이 시기에 그린 작품 중 「도시 위에서」와 「산책」은 벨라에 대한 샤갈의 마음이 고스란히 전해지는 작품이다.

「산책」은 검은 정장 차림의 샤갈이 지상에 발을 딛고 한 중앙에 서 있고 화사한 핑크 원피스 차림의 벨라가 그의 손을 잡고 하늘을 날고 있는 그림이다. 러시아 속담에 "손안에 있는 한 마리 박새가 하늘을 나는 두루미보다 낫다."는 말이 있는데 샤갈의 오른손은 작은 새 한 마리를 붙잡고 있고 왼손은 벨라를 단단히 붙잡고 있다. 손안의 새가 박새라면 하늘을 나는 벨라는 두루미인 셈일까. 샤갈은 운 좋게도 박새와 두루미를 모두 잡고 있다. 원대한 이상을 품으면서도 동시에 손안에 들어온 작은 행복 또한 놓치지 않는다. 샤갈의 손에 있는 새가 파랑새처럼 행복은 멀리 있지 않고 가까이 있음을 은유적으로 보여준다는 해석도 있다.

경쾌한 청록과 파란 옷을 입은 두 사람이 비테프스크 하늘을 새처럼 날고 있다. 도시 어디선가 몰려오고 있을지도 모를 폭풍을 경계하는 눈빛의 샤갈은 벨라를 안고 있다. 샤갈에게 의지한 채 손을 앞으로 쭉 뻗은 벨라의 모습은 이상을 향한 날갯짓처럼 보인다.

샤갈은 끝없이 노를 저으며 폭풍을 통과해 배를 안내하고 벨라는 별을 통과해 배를 안내한다. 삶의 바다에서 어떤 폭

마르크 샤갈 **산책**(Walk) 1914~1918년

마르크 샤갈 **도시 위에서**(Over the Town) 1914~1918년

풍우가 치더라도 샤갈과 벨라처럼 서로를 놓지 않는다면 항해의 끝은 언제나 파란색일 것이다. 변화무쌍한 생의 얼굴을 똑바로 응시하는 샤갈과 샤갈의 손을 잡고 공중 부양하듯 하늘을 나는 벨라. 두 사람의 충만한 사랑이 별과 폭풍을 통과하는 동력처럼 보인다.

들여다보기

사람은 보여주고 싶은 것만 보여주고

보고 싶은 것만 본다

우리는 단지 우리의 관심을 끄는 것만 본다.

보는 것은 일종의 선택 행위다.

— 존 버거 「다른 방식으로 보기」

사생활을 연출하는 사람들이 있다. 와인과 스테이크, 장식처럼 잘 깎아진 과일들, 은은한 조명, 영화의 한 장면처럼 잘 차려진 누군가의 식탁을 가끔 들여다본다. 푸드 스타일리스트도 여행전문가도 아니지만 그녀는 팔로우를 몰고 다닌다. 그녀가 누구인지 나는 자세히 알지 못하고 그녀 또한 나를 알지 못한다.

먹방 연출이라도 하듯 쇼핑해온 물건들을 늘어놓고 지름신이 강림했다는 등 먹어도 먹어도 살이 찌지 않아 고민이라는 글을 써 놓은 바비인형처럼 균형 잡힌 몸매의 그녀는 허기진 사람처럼 오늘도 식탁을 차린다.

팔로우를 자청하는 사람들은 여신 대하듯 꿀 떨어지는 댓글을 단다. 왜일까? SNS상으로 보이는 그녀의 일상이 다소 가식처럼 여겨지는데 다른 이들에게는 그렇지 않은 모양이다. 나와 그들 중 누군가는 왜곡된 프레임을 가졌는지 모른다. 사람들은 자기가 보고 싶은 대로 보고, 생각하고 싶은 대로 생각하는 동물이니까. 어쩌면 SNS상으로 보이는 그녀의 일상에서 대리만족을 느끼는지도 모른다. 검색창을 통해 그녀의 일상을 들여다보는 나도 마찬가지고 그녀 또한 남에게 보여주고 싶은 것을 보여줌으로써 자기 만족을 느끼는 것인지도….

식탁을 차리기 전 어수선한 테이블을 후다닥 정리하고 가장 분위기 있는 장소를 배경으로 식탁을 차린다. 일과 쇼핑에 지친 표정 대신 입꼬리를 살짝 올려 경쾌하고 우아한 미소를 지으며 "나 너무 성의 없는 거 아닐까.", "이 정도는 애교로 봐줘요."라는 겸손한 멘트를 끼워 넣으면 비로소 완벽한 세팅이 되는 것이다.

그녀는 보여주고 싶은 것만 보여주고 그녀를 들여다보는 우리는 보고 싶은 것만 본다. 날마다 찍어 올리는 고칼로리의 풍성한 먹방, 세끼 식사에도 불구하고 군살 하나 없는 바비인형 같은 그녀를 훔쳐보면서 질투를 느끼는 것인지 대리만족을 느끼는 것인지 사실 잘 모르겠다.

하지만 보이는 것과 보여지는 것이 다르다는 점은 분명하다. 삶의 민낯을 들여다보면 늘 은은한 조명 아래의 풍경은 아닐 것이다. 지친 표정을 가리기 위해 공들여 화장하듯 삶도 연출이 필요하다. 삶이 견디기 어려울수록 좀더 강렬하고 우아하고 세련되고 품위 넘치는 연출을 하는 것인지도 모른다. 피곤함에 지친 일상을 들여다보고 싶은 이는 아무도 없을 것이고 그대로 보여주고 싶은 이 또한 없을 테니까.

어떻게 해석하느냐는 들여다보는 이의 자유지만 연출된 삶에서 스스로 만족을 느낄 수 있다면 그것으로 충분하지 않을까. 마찬가지로 들여다보는 이 또한 들여다보기를 통해 어떤 즐거움을 느낀다면 그것으로 충분하지 않은가.

자연스러운 우아함을 들여다보다

영국 빅토리아 시대의 화가 윌리엄 헨리 마겟슨(william henry margeston)의 작품 중 요리를 하는 여인과 차를 마시는 여인을 그린 작품이 있다.

그녀들의 창을 들여다본다. 푸른 꽃무늬 원피스를 입고 머리를 단정히 묶은 여인은 지금 요리 중이다. 소박하지만 청결하고 아늑해 보이는 부엌 창가에는 빨간 장미 화분이 놓여 있고 원목 선반에는 다양한 디자인의 접시와 컵이 있다. 커다란 투명 유리 접시에 담긴 연둣빛 야채를 나무 주걱으로 뒤적이고 있는 그녀의 등에는 거쳐 온 시간이 쌓여있다.

요리하는 그녀는 고단해 보이지 않는다. 온전한 뒷모습이라면 표정을 볼 수 없지만 옆모습에서는 어떤 은밀한 즐거움마저 느껴진다. 누구를 위한 요리일까. 자신을 위한, 가족을 위한 또 다른 누구를 위한…. 누군가의 일상을 들여다보고 자기만의 방식으로 해석하는 것. 나는 요리하는 그녀가 고단해 보이지 않는다고 생각하지만 다른 누군가는 슬프고 고독해 보인다고 생각할 수 있다.

또 다른 작품 「afternoon tea」에서는 우아한 모자에 핑크빛 줄무늬 드레스를 입은 여인이 차를 마시는 중이다. 레이스가 달린 원형 테이블, 투명 유리병에 꽂힌 연보랏빛 꽃들. 커튼 뒤로 빨간 장미가 보인다. 모자를 쓴 여인은 누군가를 바라보고 있다. 그녀 앞에 서 있는 누군가를 위해 포즈를 취

윌리엄 헨리 마겟슨 「The Lady of House (주부)」

윌리엄 헨리 마겟슨 「afternoon tea」 1861~1940년

하는 것처럼 보인다.

두 사람은 분명 서로 다른 인물임에도 동일 인물로 생각하고 싶어진다. 주방에서 무언가를 부지런히 만들던 여인이 어느새 옷을 갈아입고 모자를 코디하고 거실 테이블로 이동하여 오롯이 자기만을 바라보는 누군가를 위해 한껏 우아한 포즈를 취하는 것이라고. 열린 창문으로 요리하는 그녀의 뒷모습을 들여다보고 우아하게 웃는 또 다른 그녀의 모습을 들여다본다. 우리는 어떤 모습으로 보이기를 바라는가? 누군가가 들여다보고 있으리라는 전제를 하면 우리의 일상도 연출이 될 수밖에 없을 것이다.

연락하지 않고 지낸 지 꽤 오래된 사람들의 번호가 여전히 휴대폰 속에 저장되어있다. 친한 관계였든 그저 그런 관계였든, 우연히 아는 사이였든 휴대폰 속에 남아있는 연락처. 다시 연락할 것도 아니면서 삭제하지도 않는 것은 무엇이든 쉽게 정리하지 못하는 성격 탓이기도 하다. 특히나 사람과 사람사이의 만남에 대해서는 더욱 그러하다. 그들도 내 연락처를 삭제하지 않았는지 가끔 카톡 창에 그들의 안부가 뜬다.

불 켜진 창문을 바라보듯 이미 연락하지 않은 지 오래인 이들의 카톡 창을 살며시 들여다본다. 그새 저렇게 자랐구나, 캐나다에서 아직도 살고 있구나, 졸업했구나, 이사를 했구나, 여친이 생겼구나, 요새는 저런 책을 읽고 있구나. 초등학생 때 만나서 대학생이 된 아이들. 캠퍼스에서의 일상이 카톡 창에 떠 있다. 그 아이를 만나 처음 수업하던 날의 모습이 떠오른다. 이미 성인이 된 아이들, 그들의 기억 속에 나는 어떤 사람으로 남아있을까. 그들도 내 카톡 창을 들여다볼까. 불 켜진 카톡 창문을 두드리지는 않더라도 들여다보며 아주 가끔이라도 나를 흐릿한 기억의 더미에서 끄집어낼까.

지금이라는 시간 속에 존재하는 그들을 들여다보지만 한때 같은 시간과 공간을 점유했던 흔적을 들여다보고 있는 셈이다. 어쩌면 나는 그들의 창을 들여다보며 지난 날의 나를 찾아보고 싶은 것인지도 모른다. 더 오랜 시간이 지나면 서로의 기억에서, 서로의 카톡 창에서 사라지게 되더라도 지금의 온기를 기억하고 싶다.

불 켜진 창문을 차마 두드리지는 못하고 슬며시 들여다보며 아름답고 밝은 모습을 확인하며 '잘살고 있구나. 행복해 보이는구나.' 혼자서 미소를 지어보는 시간은 마음의 창에 불이 환하게 켜지는 시간이다. 서로의 창을 두드리지 않더라도 마음에 먼저 불이 켜지는 시간. 환하게 불 켜진 창을 오래도록 들여다보고 싶다.

제 4 부

존재의 변주곡

때로는 사람이 피는 것이다

중요한 건 모든 것을 살아 보는 일이다.
지금 그 문제들을 살라.
그러면 언젠가 먼 미래에,
자신도 알지 못하는 사이에
삶이 너에게 해답을 가져다줄 테니까.

— 라이너 마리아 릴케

희망은 잠자고 있지 않은 인간의 꿈

희망은 아무것도 없음의 상태에서 가질 수 있는 모든 것

나무에 앉은 새는 가지가 부러질까 두려워하지 않는다.
새는 나무가 아니라 자신의 날개를 믿기 때문이다.

— 류시화 「새들은 날아가면서 뒤돌아보지 않는다」

지구처럼 보이는 동그란 구 위에 연둣빛 옷을 입은 여인이 줄은 거의 끊어지고 몸통만 겨우 남은 리라를 부둥켜안고 있다. 흰 붕대로 가려진 눈은 실명한 것인지 상처를 입은 것인지 알 수 없다. 평지도, 보드라운 잔디도, 꽃밭도 아닌 모호한 구체 위에 여인은 조난당한 사람처럼 맨발로 앉아있다. 누군가에게 이 작품의 제목을 묻는다면 아마도 대부분 '절망'이거나 '좌절' 혹은 '슬픔'이라 말할 것이다. 하지만 역설적이게도 이 작품의 제목은 「희망」이다.

19세기 영국 상징주의 화가 조지 프레데릭 와츠의 작품 「희망」 연작 중 하나다. 그림을 자세히 들여다보면 줄 4개는 모두 끊어지고 오직 한 줄만 간신히 붙어있다. 동그란 구체는 지구를, 두 눈을 가린 여인은 위태로운 인류의 모습을, 리라의 끊어진 4줄은 절망을, 간신히 남아있는 마지막 한 줄은 희망을 상징한다고 한다.

아리스토텔레스는 '희망은 잠자고 있지 않은 인간의 꿈'이라고 했다. 꿈을 꾸는 것은 잠을 자는 동안 가능하지만 희망을 꾸는 일은 잠을 자지 않고도 가능한 일이라는 의미다. 희망을 꿈꾼다는 말은 지금 여기에 희망이 없다는 반증일 것이다. 희망이 우리 주위에 넘친다면 희망을 굳이 꿈꿀 이유가 없다. 희망이 애초에 없기 때문일까, 희망은 있는데 찾을 수 없기 때문일까. 돌아보면 희망에 주린 사람처럼 늘 희망을 탐하며 살았다.

조지 프레데릭 와츠 **희망**(Hope) 1886년

단 하나의 줄로 리라를 연주하는 여인, 온전한 연주가 될 리 없다. 앞은 보이지 않고 현실은 막막하다. 가지고 있는 것은 간신히 걸치고 있는 허름한 옷과 줄 끊어진 리라뿐인 여인의 모습에서 희망을 생각한다. 품에 안은 리라가 전부인 그녀가 할 수 있는 유일한 일은 가슴으로 하는 연주다. 슬픔을 품고 있는 여인은 우리 귀에는 들리지 않는 희망의 소리를 만들어 내고 있다. '희망'이란 바로 아무것도 없음의 상태에서 가질 수 있는 모든 것이 아닌가.

*리라(lira): 기원전 3000년경부터 메소포타미아, 이집트, 시리아에서 쓰인 발현악기로, 후에 고대 그리스에서 키타라와 함께 가장 신성한 악기로 중요시되었다.

누구에게나 크리스티나의 세계가 있다

한 여인이 농가를 향해 가고 있다. 멀리 보이는 농가는 그녀의 집이다. 걸어가는 것도 아니고 달려가는 것도 아니고 기어가고 있다. 두 손이 크리스티나의 앞발이 된 지 오래다. 하반신 마비의 크리스티나가 가고 있는 것인지 멈추어 있는 것인지 알 수 없으나 크리스티나의 세계는 기어갈 수 있는 범위 내에서만 가능하다.

돌아가야 할 집, 머물러야 할 집이 크리스티나에게는 왜 그리 멀어 보이는 것일까? 현실은 절망을 생각하기엔 희망적이고 희망을 생각하기엔 너무도 절망스럽다. 삶은 희망과

앤드류 와이어스 **크리스티나의 세계**(Christina's World) 1948년

절망의 변주라는 것을 안다. 절망 속에서도 희망을 꿈꾸어야 하지만 두 손과 두 다리로 흙을 밀고 가는 크리스티나에게 희망은 외부로부터 주어지는 것이 아니라 그녀의 손과 발이 할 수 있는 가능성의 모든 것이다.

메인주 커팅에 있는 크리스티나의 올슨 하우스가 그녀의 세계였다. 앤드류 와이어스의 그림이 호평받고 갤러리에 걸렸지만 크리스티나는 올슨 하우스를 떠나지 않는다. 아무리 멀리 있어도 크리스티나를 자석처럼 끌어당기는 집은 삶의 터전이면서 무딤이기도 했다. 누구든 저마다의 세계가 있다. 가야 할 곳이 분명 눈앞에 보이지만 갈 수 없는 상태, 가야 하지만 아득히 먼 것처럼 여겨져 절망감이 밀려올 때가 있다.

비가 몹시 내리던 밤이었다. 우산 없이 나온 밤. 폭우가 쏟아지고 있었다. 고개를 들어 아파트 불빛을 세어보았다. 음식물 쓰레기통을 들고 비를 흠뻑 맞고 있는 나는 그곳, 나의 세계, 나의 모든 것이 있는 곳으로 돌아가고 싶지 않았다. 비가 머리를 적시고 볼을 타고 내려서 마치 울고 있는 것처럼 보였다. 자유와 해방감이 느껴졌다.

안락한 불빛이 비치는 그곳은 비가 내리는 이곳과 전혀 다른 세계처럼 보였다. 얼마를 빗속에 있었을까. 폭우 탓인지 지나가는 이 하나 없는 캄캄한 밤이었다. 어둠 속에서 커다랗고 새하얀 개를 보았다. 아파트에서 저렇게 커다란 개를 키울 리 없는데 처음 보는 개였다. 개가 서서히 다가오고 있었다. 손에 들고 있는 음식물 쓰레기통 때문일까. 갑자기 무서운 생각이 들었다. 다음 동작을 머릿속으로 계산하는 사이 하얀 개는 나를 힐끗 보더니 고개를 돌려 방향을 바꾸었다.

개의 털도 완전히 젖어있었다. 개는 걷다가 다시 뒤돌아보았다. 마치 따라오라는 것처럼 여러 차례 고개를 돌려 바라보았다. 여전히 어정쩡한 모습으로 서 있는 사이 개는 새까만 잉크 빛 어둠 속으로 흔적도 없이 묻혀버렸다.

흠뻑 젖은 채 나의 세계로 돌아갔다. 나오기 전과 후, 아무것도 변하지 않은 세계였다. 내가 그곳에 있든 없든 너무도 질서 정연하고 완전무결해 보이는 세계. 가끔 그 개를 생각한다. 정말 그 개를 본 것은 사실이었을까? 상상 속 헛것을 본 것은 아니었을까?

만일 그 밤, 개를 따라갔다면 지금 나는 생의 어느 길목에서 있을까를 가끔 생각해보곤 한다. 누구에게나 '크리스티나의 세계'가 있다. 그곳이 자신이 감당해야 할 세계다. 폭우 속에서 내가 살고 있는 익숙한 공간을 타인의 집처럼 바라보며 무엇을 바랐던가. 그날이 그날 같은 일상에서 나를 잃어가는 것이 두려웠던 시절이었다.

크리스티나가 두 손 두 발로 풀숲을 헤치고 흙밭을 기어 '크리스티나의 세계'로 회귀하듯 결국 나도 나의 세계로 회귀하였다. 옷을 갈아입듯 쉽게 벗어던질 수 없는 그 세계, 그 안에 내가 있고 또한 나의 전부가 있기에. 삶의 허기와 갈증, 실존에 대한 고독이 수없이 밀려오더라도 그 안에서 희망을 만들어야 한다는 사실을 새삼 확인하면서.

때로는 사람이 피는 것이다

온몸이 으스러지도록
으스러지도록 부르터지면서
터지면서 자기의 뜨거운 혀로 싹을 내밀고
천천히, 서서히, 문득, 푸른 잎이 되고
(……)
아아, 마침내, 끝끝내

— 황지우 「겨울-나무로부터 봄-나무에로」 부분

유기택 시인은「사람학개론」에서 “꽃이 피는 게 아니라 나무가 피는 거지, 눈이 오는 게 아니라 하늘이 오는 거지.”라고 말한다. 어쩔 수 없이 안이 밖으로 열리면 사람도 그렇게 피어난다고. 단 한 번만이라도 꽃이라 불러준다면 나무든 하늘이든 우리에게 오는 것이라고.

사람학 개론

꽃이 피는 게 아니라 나무가 피는 거지
눈이 오는 게 아니라 하늘이 오는 거지
무거워지고 있던 어떤 생각들이 몰리며
어쩔 수 없이 안이 밖으로 열리는 거지
사람들은 꽃이 피더라고 하지

— 유기택「사람학 개론」부분

자기 안의 것들이 피어날 때 사람은 꽃이 된다. 길거리의 사람들은 모두 움직이는 꽃들이다. 버스를 기다리는 한 무리의 사람들이 같은 방향으로 고개를 돌리고 서있다. 거대한 화관처럼 보였다. 한 대의 버스가 꽃들을 태우고 지나간다. 또 한 대의 버스가 꽃들을 태우고 지나가고 남겨진 풍경 뒤 향기가 남는다. 유치원 버스를 기다리는 노란 원복의 아이들, 출발하는 버스를 향해 엄마들이 일제히 손을 흔들자

노랑들이 피기 시작한다. 표범 무늬 레깅스를 입은 여인이 공원을 향해 걷고 있다. 개나리들이 흐드러진 새봄의 길. 표범 여자가 개나리꽃 사이에서 피고 있다.

무거워지고 있던 어떤 생각들이 일시에 몰리면 사람들의 안이 밖으로 피어나는 것. 틈과 틈 사이 피어나는 꽃처럼 거대한 회색 빌딩들의 숲 사이, 사람들이 일제히 피어난다. 조금만 고개 돌려 바라보기만 하여도 사소한 일상들이 꽃으로 뭉클거리며 피어나고 있다. 그가 누구든, 그곳이 어디든 우리는 모두 봄의 꽃이고 세상은 거룩한 봄의 화관이다. 때로는 사람이 피는 것이다.

> 만일 사람이 저토록 흔들림 없는
> 순수한 추진력에 이끌려
> 한눈팔지도 서두르지도 않고
> 온 존재로도 꽃을 피울 수 있다면
> 우리 자신을 가지고
> 꽃을 피울 수 있다면
> 불완전한 것은 아무것도 없는 꽃을
> 불완전한 것조차 감추지 않는 꽃을
>
> — 드니스 레버토프 「꽃 피우는 직업」 부분

불완전한 것은 아무것도 없는 꽃, 불완전한 것조차 감추지 않는 꽃.

어떤 꽃으로 기억될까

늘 바라보는 나무, 같은 위치에 핀 꽃도 같은 꽃이 아닐 것이다. 마찬가지로 꽃을 바라보기 위해 같은 위치에서 같은 나무를 올려다보는 우리도 같은 모습이 아니다. 변해간다. 꽃도 우리도 세상의 모든 것들처럼.

긴 시간 동안 어떤 가능성을 만들고 있는 나무들은 꽃 한 송이에 전부를 바친다. 꽃들은 어떤 기억을 품고 있을까? 꽃에게 작년이라거나 내년이라는 단어는 무의미하다. 오직 지금이라는 시간, 꽃에게 허락된 시간 동안 꽃은 온 생을 다해 살고 있으니 대충 핀 꽃은 세상 어디에도 없다. 꽃은 어느 순간 지고 잎과 열매는 꽃의 기억을 삼킨다.

나무들은 꽃들의 계보를 기억할까. 거슬러 올라가 나무가 잉태한 최초의 꽃의 기억을 더듬어볼 수 있을까. 향기와 빛깔로 저마다의 생을 살아낸 기억을 읽어낼 수 있을까. 꽃들은 가만히 그 자리에 멈춰 있는 것이 아니라 늘 움직이고 있다. 단 한 번도 대충 피어본 적 없는 꽃들은 조락의 순간이 오기 전까지 바람과 나무와 햇살과 새와 벌과 나비의 기억을 켜켜이 꽃잎에 새겨 넣는다.

아무도 눈여겨보는 이 없는 공터, 꽃들은 온몸으로 발화한다. 꽃은 줄기에 비해 지나치게 화려하고 지나치게 커서 상대적으로 줄기는 튼튼해 보이지 않는다. 바람이 심하게 부는 날, 문득 연초록 가는 줄기의 흔들림이 눈에 들어온다.

꽃이라는 어마어마하게 사치스러운 것을 이고 바람에 온몸으로 맞서고 있었다. 매서운 바람에 줄기가 꺾여 있다. 꺾인 줄기에 매달린 꽃은 더이상 사람들의 눈길을 붙잡지 못한다. 쓰러진 꽃. 아직 조락을 맞기엔 너무 이른 꽃들 위로 한 줄기 비가 뿌려진다.

세상이라는 거룩한 화관 속에 사람은 누구나 꽃으로 존재한다. 어떤 꽃으로 기억될까. 가는 줄기에 의지하여 흔들리며 살아가는 꽃. 몸이 대지와 수평이 되는 그날까지 직립하며 세상의 모든 것들에 맞서며 온몸을 다해 제 목소리를 내고 있는 꽃들이다. 사람도 때로는 그렇게 피고 때로는 그렇게 진다.

불과 재의 변주

삶을 살지 않은 채로 죽지 않으리라

사랑의 대상은 우리 외부에 있다.
나의 지배와 파악을 벗어나 있다.
내가 지배하고, 파악하고, 통제 가능한 것은 사랑의 대상이 될 수 없다.
나를 똑바로 쳐다보고 결코 나에게 몸을 맡기지 않는 것.
그러한 것만이 나의 욕망에 불을 붙인다.

— 우치다 타츠루 『레비나스와 사랑의 현상학』

내가 이 글을 쓰는 것은 내가 사랑하던 사람들이 죽었기 때문이다. 내가 이 글을 쓰는 것은 어렸을 때는 내게 사랑하는 힘이 넘쳤지만 이제는 그 사랑하는 힘이 죽어가고 있기 때문이다. 나는 죽고 싶지 않다.

아모스 오즈의 『나의 미카엘』 첫 문장은 이렇게 시작한다.

미카엘 고넨과 한나는 테라 상타 대학의 계단에서 처음 만난다. 현실이란 이미 불이 타버리고 남은 재에 불과하다고 생각하는 미카엘은 불을 이해하지 못한다. 그와 반대로 한나는 가슴 안에 자신을 태우고도 남을 충분한 불을 지니고 있다. 주어진 궤도를 이탈하지 않고 정확하게 돌기를 바라는 남자, 어쩌면 이미 재로 존재하는 남자인 미카엘은 평온하고 침착하고 동요하지 않고 성실하며 학구적이며 친절하고 조용하다.

한나는 꿈속에서 여전히 쌍둥이들과의 만남을 지속하고, 강한 것에 대한 집착을 버리지 못한다. 한나의 불은 너무도 평온하고 침착하고 규칙적인 남자 미카엘에 의해 제대로 타오르지 못한다. 미카엘이 그녀의 불을 타지 못하게 하는 방해 요소라기보다는 그녀 자신이 '나의 미카엘'에 갇혀있는 것이다. 제대로 타오르지 못한 그녀의 불은 우울증으로 나타나고 쇼핑 중독으로도 나타난다.

'불'과 '재'의 만남은 '불'과 '물'의 만남만큼 모순적이다. 재는 동요하지 않는다. 이미 타버린 것, 이미 내려앉은 것들,

어떤 바람도 재를 다시 일으켜 타오르게 하지 못한다. 불은 방향과 세기가 예측 불가능한 바람 앞에서 가장 맹렬하게 타오른다. 하지만 불도 언젠가는 재가 될 것이다. 어쩌면 재는 불의 다른 이름인지도 모른다.

한나처럼 밤새 바람이 나무를 흔들어도 흔적조차 남지 않은 일상을 견딜 수 없던 때가 있다. 시베리아 횡단 열차에서의 우연한 동행이 삶의 동행이 되어버릴 수 있는 것처럼 삶은 기차 여행의 연속일 것이다. 옆자리의 동행과 한나와 미카엘이 그러한 것처럼 일상의 건조한 대화를 나누고, 피상적인 잡담을 나누고, 뉴스거리들을 이야기하고, 적당한 예의와 적당한 균형과 적당한 거리감과 적당한 친밀감을 유지하는 방법을 터득한다. 서로의 감정을 자극하지 않고 적당한 사회적 도덕적 경계의 선을 넘지 않으며, 적당히 잘사는 것처럼 보이기 위한 연출도 필요하다.

내 안에 존재하는 힘들을 제어하기 어려울 때 그 힘들은 나를 태우려는 불처럼 여겨진다. 한나의 불처럼 강렬하고 뜨거운 것, 그런데 특이하게도 미카엘의 재를 겉에도 두르고 있으니 불과 재를 한몸에 지니고 있는 셈이다. 어떨 때는 걷잡을 수 없는 불꽃이 일지만 어느 순간 그 강력한 불꽃은 금세 사그라지고 다시 재의 일상이 된다. 불을 감추고 있는 재, 불이 아닌 재, 재가 아닌 불, 불도 재도 아닌 사람, 타고 있는 재와 타지 않는 불. 그 경계 어딘가에 나는 존재한다.

도나 마르코바는 "나는 삶을 살지 않은 채로 죽지 않으리라. 넘어지거나 불에 델까 두려워하며 살지는 않으리라. 나는 나의 날들을 살기로 선택할 것이다."라고 이야기했다. "삶을 살지 않은 채로 죽지 않으리라."는 도나 마르코바의 목소리와 "이제는 그 사랑하는 힘이 죽어가고 있기 때문이다. 그러나 나는 죽고 싶지 않다."라고 외치는 한나의 목소리가 자판 위에서 겹친다. 그 목소리들 사이 내 목소리도 존재한다.

삶을 살지 않은 채로 죽지 않으리라는 소망, 본래의 '나'인 채로 살고 싶다는 소망을 지닌. 불도 재도 아닌 그러나 불이면서 재이기도 한….

바람이 밤새 마른 나무를 뒤흔들지만, 나무는 뿌리 뽑히지 않았다. 그렇다고 하여 바람이 불지 않은 것은 아니다.

새가 되기

새들이 이집트를 향해 날기 시작하면,
그들은 이미 이집트에 있다.
그들은 내면에 이집트를 갖고 있으며,
그렇게 자신의 내면을 향해서 날아간다.

— 막스 피카르트 『인간과 말』

앙리 마티스는 말년에 심한 관절염을 앓게 되면서 손으로 붓을 쥐고 작업하는 일이 어려워지자 과슈(gouache)를 칠한 종이를 가위로 오려서 캔버스에 붙이는 콜라주 작업을 시작했다. 이 시기 작품들을 '종이 오리기, 컷 아웃(cut-out)' 시리즈라고 부른다.

> 살아 있는 색을 오려내는 것은 마치 돌을 쪼아서 형상을 만드는 조각가의 행위와 같다. 나의 작업은 바로 이런 의미로 이루어졌다.

신문, 사진들을 잘라 붙여서 본래의 맥락을 해체하고 재구성하는 것이 기존 콜라주의 특성이라면 앙리 마티스 작품은 기존 콜라주와 차별화된다. 형태와 색을 중시하는 「폴리네시아 하늘」은 색종이로 그린 그림이다. 이 작품을 완성하기 위해 실제로 300마리가 넘는 새들을 키우며 관찰했고 형태 하나에 200번의 드로잉을 했다고 한다. 가장 단순한 형태에 생동감을 부여하기 위한 그의 열정을 느낄 수 있다.

하늘색과 파란색이 반복된 바다 같은 하늘 위로 하얀 종이 새들이 날고 있다. 어디로든 자신이 지향하는 곳을 향해 비상하는 새들이 화면 가득하다. 그곳이 어디든 자신의 날개가 허락하는 한 언젠가는 저마다의 그곳에 닿을 것이다.

날개를 지닌 종족에게 '난다'는 것이 꼭 자유의 상징은 아

앙리 마티스 **폴리네시아 하늘**(Polynesia,The Sky), 과슈, 종이붙이기, 200×314㎝, 1946

닐 것이다. 새들에게 날개는 천형일지도 모른다. 우리의 두 다리가 그러한 것처럼, 물고기의 지느러미가 그러한 것처럼 태생적으로 부여받은 것들이 삶을 한정 짓는다.

저마다의 시공간에 길들여 살아가면서 때론 태생적으로 주어진 한계를 뛰어넘으려는 욕망이 진보와 변화를 가져오기도 한다. 폴리네시아 하늘을 나는 새들은 비대칭의 날개를 지닌 채 자유자재로 날고 있다. 정형화되지 않은 비대칭의 비상. 한계 없는 자유를 누리는 새들의 날갯짓이 공간에 꽃을 피우고 그 여백 어딘가에는 날고 있는, 날고 싶어 하는 마티스가 있다.

> 나는 이 세상의 언어만으로 이해되지 않을 것이다. 나는 죽은 자와도 아직 태어나지 않은 자와도 행복하게 살 수 있기 때문이다. 여느 사람보다 창조의 핵심에 가까워지기는 했으나 아직 충분하다고 말할 수는 없다.

앙리 마티스는 파울 클레의 말을 묘비명으로 사용했다고 한다.

세상의 언어만으로 이해되기를 바라지 않았던 예술가들은 세상의 언어를 넘어서는 작품 세계를 구축한다. 폴리네시아 새들의 비상에서 살아있는 자유를 본다. 새들이 이미 어딘가를 향해 날기 시작하면 그들은 이미 어딘가에 닿아있다. 내면에도 어딘가가 새겨지고 날갯짓은 결국 내면을 향한다.

새들은 일시에 그리고 따로 울었다.

새소리가 유난히 잘 들리는 나이에 접어들었다. 삭막한 도시의 공터, 온갖 소음의 뒤섞임 속에서도 새소리는 개별성을 지닌 채 들려온다. 허공을 가르는 새들의 날렵한 움직임에 나무들은 온몸을 뒤흔든다.

하늘이 어둑해지고 마디 굵은 비가 쏟아진다. 본격적으로 장마가 시작되려는 모양이다. 아침 산책을 접고 서둘러 유리문을 닫는다. 날개 젖은 어린 새가 뜰에 쓰러져 있었다. 죽은 것처럼 보이는 새에게 다가가자 날개를 퍼드덕거렸다. 폭우 속에 그대로 둘 수는 없었다. 새장 안에 넣어둔 새는 날개가 마를 때까지 꼼짝하지 않다가 어느 정도 날개가 마르자 날갯짓을 시작했다. 존재를 확인하려는 본능처럼 보인다. 하지만 틀 안에 가두어진 새는 새장의 크기를 가늠하는데 번번이 실패한다. 좁은 새장 속에 한 번도 가둬진 적 없는 새가 파닥거릴 때마다 날개가 창살에 부딪혔다. 내 모습을 보는 것만 같아 마음이 아려온다. 폭우가 그치고 새장 문을 열어 주니 새는 단숨에 하늘로 사라져 버렸다.

누구든 가슴에 새 한 마리 품고 산다. 하늘을 나는 새들은 어쩌면 누군가의 가슴을 찢고 나온 새들이 아니었을까? 내 가슴에도 날고 싶었으나 날지 못하는 새 한 마리 사는 것 같았다. 빈약한 갈비뼈가 새장처럼 새를 포위하고 있다. 가슴 안의 어린 새는 몇 번의 날갯짓만으로 다시 주저앉아버리지만 날기의 본능을 망각하지 않으려고 날마다 나는 연습을 하고 목소리를 잃어버리지 않으려고 노래를 부른다. 언젠가는 내 안의 새도 빗장 같은 갈비뼈를 뚫고 자유롭게 허공을 날아가는 모습을 상상한다.

어릴 적, 목련꽃 가득 핀 주택가 도로 한복판에 떨어져 있던 새가 생각났다. 꽃이든, 나뭇잎이든, 새든 살아있는 모든 것들은 언젠가는 추락한다. 새들의 추락은 꽃의 추락과는 다른 느낌이었다. 새들은 추락하지 않기 위해 쉼 없이 날갯짓을 하는지도 모른다. 추락의 순간이 오면 떨어지는 힘으로 삶의 대지를 뒤흔들고 자기 안의 것들을 모두 쏟아내며 세상 어디든 자신의 무덤을 짓는다. 날갯짓은 이미 멈추었고 눈은 감기었지만 몸은 아직 따뜻했다. 새를 가슴에 품고 돌아오던 때, 날개 달린 것들의 무게가 생각보다 가볍다고 생각했다. 죽음이란 퍼득거리던 날갯짓이 빠져나간 침묵의 껍데기였다. 로맹 가리의 소설 제목처럼 새들은 페루에 가서 죽는 것이 아니었고 세상 어디든 새들의 무덤이 될 수 있었다.

어머니는 가끔 새가 되어 훨훨 날아보고 싶다 했다. 하늘에 길을 내며 나는 새는 어머니에게 어떤 의미였을까? 가부장적 시대 여성의 가사 노동은 당연한 일이었고 노동은 비용으로 환산되지도 않았다. 어머니 가슴 안의 새는 제대로 노래 부르지 못했고 날아보지 못하였다. '소리 내지 못함'이 아니라 '소리 내지 않음'이었을 것이다. 혼자 남겨졌을 때 어머니 안의 새가 비로소 울었다. 죽기 직전 일생에 단 한 번 노래를 부른다는 켈트족 전설에 등장하는 가시나무새처럼, 알에서 깨어나 둥지를 떠나는 순간부터 단 한 번의 노래를 부르기 위해 가시나무를 찾아다니다가 가장 날카로운 가시에 가슴을 찔러 붉은 피를 흘리며 아름다운 노래를 부르며 죽어간다는 그 새처럼 오랫동안 잊힌 자신의 이름을 부르며 울부짖었다.

어머니의 지난한 삶은 가시나무였을지 모른다. 가장 아름다운 노래를 부르기 위해 가슴 안의 새는 시간의 무게를 견뎌왔고 비로소 날갯짓을 시작했다. 수입이 없는 상황에서 어머니는 염전을 보러 돌아다니셨다. 평생을 도시에서만 살아온 그녀가 왜 갑자기 염전을 사야겠다고 생각하셨을까? 이른 새벽, 소금기 가득한 염전을 보러 나갔다가 어둑해질 무렵 돌아오신 어머니 몸에서는 해풍에 실려 온 바다 냄새가 났다.

어머니와 식사를 하고 돌아오던 날은 유난히 바람이 많이 불었다.

"새가 난다."

"이디? 안 보이는데."

"검은 새가 날지 않니."

어디선가 날아온 검은 비닐봉지가 차가 달리는 도로 위로 날고 있었다. 추락할 듯하다 다시 올라가고 상승과 하강을 반복하고 있었다.

"저거 검은 봉지야."

'저렇게 날아서 어디론가 가겠지. 저것도 날고 싶어 하잖니….' 어머니는 중얼거렸다. 차들이 달리는 도로 위 적당한 높이의 하늘을 점유하며 날고 있는 검은 비닐봉지는 검은 새처럼 보였다. 완벽한 비행을 하지 못했지만 새처럼 날고 싫어 하는 검은 비닐봉지의 몸부림이 느껴졌다.

그 해 갑자기 심근경색으로 세상을 떠난 어머니는 끝내 바닷새가 날아다니는 새하얀 소금밭을 사지 못하셨다. 어느 누구도 임종을 지켜보지 못한 채 홀로 이 세상의 마지막을 보냈을 어머니를 생각하면 나는 늘 유년 시절 목련꽃 가득한 주택가 도로 한복판에서 마주한 새의 주검을 떠올린다. 높이 날고 싶었으나 어머니 생의 마지막 날갯짓은 추락을 이겨낼 만큼 강하지 못했으리라.

첫 제사를 모실 때 쌀을 한가득 채워 놓았다. 쌀 그릇에 무언가 고인의 흔적이 남는다고 했다. 새 발자국 모양이 찍힌 걸 보니 어머니는 새가 된 것일까? 어떤 새가 되어 어떤 이름을 부르며 허공을 가르고 있을까?

가슴에 사는 새를 꼭꼭 숨겨둔 채 살아야 하던 시대는 분명 지났다. 그러함에도 여전히 내 안의 새는 노래하지 못한다. 의무와 권리 사이에서 헤매다 나를 놓아버리고, 매 순간 삶의 목적에 부합한 낱낱의 나로 해체된다. 나를 부르는 수많은 명칭이 뒤섞이고 어느 순간 새는 목소리를 잃어버렸다. 삶에서 허기를 느끼는 것은 내 안의 새가 무언가에 주리기 때문이고, 아픔을 느끼는 것은 내 안의 새가 아프기 때문이고 공허하게 배회하는 것은 날아야만 하는 새가 비좁은 가슴속에서 날지 못하고 있기 때문일 것이다. 어머니 시대의 가시나무는 더 이상 존재하지 않으며 가시나무를 찾아

가장 아름다운 노래를 불러야 할 이유 또한 없다. 어떤 나무든 힘차게 날아올라 둥지를 틀고 마음껏 노래 부르면 되는 것이다.

긴 장마가 지나간 자리, 숲은 다시 새소리로 가득 차 있다. 새소리는 유난히 또렷하고 깊고 맑다. 나무와 나무 사이 허공을 가르며 새들은 제 이름을 부르며 운다. 세상 모든 위협으로부터 잠시 벗어나 숨을 고르는 회복의 장소 자기 이름을 부르며 울어도 부끄럽지 않은 성소를 찾고 있는 것인가? 나뭇잎과 나뭇잎이 중첩되어 만들어진 하늘 조각 사이로 윙컷 당하지 않은 새들이 난다. 새들이 저마다의 성소를 향해 힘차게 날아간다. 내 안의 새도 날갯짓을 시작한다. 영세 유전하는 그 종족의 소리로 일시에 그리고 제각각 울어대는 새들처럼 내 이름을 부르며 힘차게 날아가고 싶다.

우리를 관통하는 고독

만유인력이란
서로를 끌어당기는 고독의 힘이다

우주는 일그러져 있다
따라서 모두는 서로를 원한다

— 다니카와 타로 「이십억 광년의 고독」 부분

특별히 고독하다고 보지는 않는다. 다만 나는 그림을 단순화하고 식당을 크게 그림으로써 아마도 무의식적으로 도시의 고독을 그리고 있었는지도 모르겠다.

1, 2차 세계대전과 경제 대공황을 거친 미국 대도시 풍경과 그 시대를 살아가는 사람들의 모습을 주로 그린 미국의 사실주의 화가 에드워드 호퍼 작품의 키워드는 '고독'이다. 짙은 어둠이 내린 도시, 전면이 유리로 된 카페 창문을 통해 도시의 불빛이 비친다. 카페는 도시에서 분리된 섬처럼 보이고 카페에 있는 사람들은 산 채로 죽어버린 정물처럼 보인다. 호퍼는 도시 속 고립된 사람들의 일상을 포착한다. 포착된 인물들은 동작이 없다.

호퍼 그림의 배경은 주로 호텔방이나 극장 휴게실, 아파트, 주유소, 야간 술집 등 미국의 일반적인 도시 풍경이며 등장인물은 혼자 있거나 또는 함께 있어도 소통하지 않는 소수의 사람이다. 외로움과 고독의 정서가 깊게 배어있는 호퍼의 작품은 단순히 일상을 묘사하는 것이 아니라 현실에 가려진 심리적 요소, 저마다의 내면을 응시하게 한다. 작품에 등장하는 홀로 고독한 사람, 또는 군중 속에서조차 고립되어 있는 사람의 모습은 당시 미국 도시인들의 모습이기도 하면서 현대를 살아가는 우리들의 모습이기도 하다.

에드워드 호퍼 Automat 1927년

자동판매기로 음식과 음료를 파는 automat에서 커피 한 잔을 앞에 둔 여인의 얼굴엔 고독이 스며있다. 세련되게 잘 차려입은 여인은 지금 고독과 대화 중이다. 여인 뒤로 깊은 밤 도시의 불빛이 커다란 유리 속에 박혀있다. 커피를 마시기 위해서가 아니라 커피가 전해 주는 온기를 느끼기 위해서 앉아 있는 것처럼 보이는 여인은 이 밤이 끝나고 아침이 올 때까지도 이곳을 떠나지 않을 것만 같다. 누군가 우리에게 고독을 가르쳐주지 않아도 고독을 느낄 수 있는 것은 고독이 우리 안에 잠재되어 있기 때문일 것이다.

호퍼의 그림 속 인물들은 많아야 2~3명 정도이다. 같은 방 안에 있어도 한 명은 창밖을 보고 다른 한 명은 신문을 본다. 아무도 없는 방, 아무도 오지 않을 것 같은 방에서 아무것도 입지 않은 여자가 서 있다. 창문으로 빛이 비친다. 특별한 것도 없다. 눈부신 그녀의 나신은 더 이상 유혹적이지 않고 도리어 무미건조해 보인다. 책을 보는 청록색 옷을 입은 여자, 침대 위에 막 일어난 자세로 앉아있는 남자. 그들의 사연이 무엇이건 그들 방으로 환한 빛이 들어온다. 그러나 그들 모두의 얼굴에서 고독이 읽힌다. 고독한 사람들이 사는 고독한 사람들의 도시. 그런데도 어디선가 그 고독을 구원할 것 같은 한 줄기 빛이 비치고 있다.

20세기 풍요로움의 시대 미국을 관통한 고독. 여전히 지금도 고독은 유효하다. 호퍼의 망막에 찍힌 고독과 그가 빛에 버무린 고독보다 지금의 고독은 어쩌면 더 깊고 더 쓰다. 도시의 밤은 사라지지 않는 고독들로 가득 차 있고 고독의 끝은 보이지 않는다. 이 밤은 고독을 읽어야 할 시간이다.

너무 시끄러운 고독을 생각한다

체코의 국민작가 보후밀 흐라발은 『너무 시끄러운 고독』에서 "당신의 고독은 너무 시끄럽지 않으십니까?"라고 묻고 있다. 이 책에서 "나는 36년째 폐지를 압축하는 일을 하고 있다."와 "하늘은 인간적이지 않다."라는 문구가 끝없이 반복된다. 한터가 바라본 하늘은 왜 인간적이지 않은 것일까? 한터는 가방에 오직 책 세 권이 들어있다는 이유만으로 미소 지을 수 있는 사람이며 폐지를 압축하는 일을 하고 있지만 쓸 만한 책 한 권을 건질 수 있으리라는 희망 하나로 살아간다. 오직 자신의 압축기와 함께 은퇴할 그날을 기다리며 외삼촌의 뜰에 압축기를 가져다 진열할 생각을 하는 고독한 남자다.

불을 지피고 함께 소시지를 먹고 스튜를 끓이며 연을 날리는 것에 행복해하는 어린 집시 여인은 우연히 나타난 것처럼 우연히 사라졌다.

하늘은 인간적이지 않다. 그래도 저 하늘을 넘어서는 무언가가 연민과 사랑이 분명 존재한다. 오랫동안 내가 잊고 있었고 내 기억 속에서 완전히 삭제된 그것이

한터에게 있어서 기억 속에 완전히 삭제된 그것들은 무엇일까? 한터가 하늘이 인간적이지 않다고 하는 이유는 책의 여러 부분에서 등장한다. 누군가가 쓴 책을 누군가는 교정하고 누군가는 삽화를 그려 넣은 그 책을 현장 학습 온 어린 학생들이 야만스럽게 달려들어 찢어내고 있다. 한터는 차라리 눈을 감아버리고 싶었다. 하늘은 인간적이지 않다. 이런 일들은 인내심의 한계를 넘어서고 있다. 소장이 한터를 해고하고 젊은 직원 두 명을 채용한 순간 폐지 더미 속에서 단 한 권의 보물을 발견할 희망이 사라져 버린 한터는 이제 그 자신이 욕조 속의 세네카처럼 서서히 압축기 속으로 들어간다. 온전히 잊힌 그 무엇인가를 찾기 위해 미지의 세계로 진입하고 이미 재가 되어버린 어린 집시 여인과 연을 날린다.

단지 책을 사랑했던 한터 개인의 이야기에 그치지 않고 거대 문명의 야만에 좌절하는 개인의 고뇌를 그린 작품이다. 그를 스쳐간 여인도 한터의 고독함을 보여주는 배경이다. 모든 것이 넘치는 시대에 과거보다 더 고독한 것은 왜일까?

우리는 너무 자주, 너무 쉽게, 너무 요란하게 고독을 이야기하고 있는 것은 아닌지. 진짜 고독한 이는 고독하다는 말을 하지 못한다. 고독을 언어로 표현하는 이들은 적당히 고독한 자들일 것이다. 고독은 저마다 은밀한 깊이를 지니고 있기에 깊이가 없는 고독은 고독이 아닐지도 모른다.

한터는 폐지 더미에서 찾아내는 단 한 권의 보석을 찾는 희망이 사라지자 스스로 한 권의 폐지 다발이 되어 압축기 안으로 사라진다. 평생 분신이었던 압축기에 자신을 맡기는 순간 압축기는 너무 시끄러운 고독을 만들어버린다. 넘치는 고독들 사이에서 당신의 고독 또한 너무 시끄럽지 않은지 한터가 묻고 있다.

가끔 그러나 때때로 절규

그 축제의 침묵 속에서
그 축제의 사막 속에서
그대의 행복한 목소리
그대의 아프고 연약한
순진하고 비통한 목소리가
멀리서 나를 부르며 다가왔네

— 자크 프레베르 「깨어진 거울」 부분

노을 지는 저녁 무렵 오슬로의 한 해변에서 다리를 걷던 중성의 인물이 귀를 막고 비명을 지른다. 이글거리는 노을과 소용돌이치는 바다. 멀리 보이는 희미한 등대. 위태로워 보이는 다리 난간. 뒤따라오는 두 사람….

> 두 친구와 함께 길을 걷고 있었다. 해가 뉘엿뉘엿 지고 있었다. 내 기분이 우울해졌다. 갑자기 하늘이 피처럼 붉게 물들었다. 나는 멈춰 서서 난간에 기댔다. 죽을 것처럼 피로가 몰려왔다.
>
> 핏덩이처럼 걸려 있는 구름, 검푸른 협만과 마을 위에 칼처럼 걸려 있는 구름 너머를 멍하니 쳐다봤다.
>
> 친구들은 계속 걸어갔지만 나는 공포에 떨며 그 자리에 멈춰 섰다. 그리고 가늠할 수 없이 엄청난, 영원히 끝나지 않을 '절규'가 자연 속을 헤집고 지나는 것이 느껴졌다.
>
> —에드바르트 뭉크

「절규」는 뭉크 개인의 경험이 응축된 그림이라 한다. 뭉크가 다섯 살 때 어머니가 결핵으로 돌아가셨고, 누나와 남동생도 젊을 때 죽었고, 여동생은 정신 질환으로 정신 병원에 있었는데 정신 병원 근처에는 도살장이 있었다고 한다. 미술사학자 수 프리도는 「절규」의 경매를 앞두고 소더비가 발

에드바르트 뭉크 **절규**(The Scream) 1893년

간한 뭉크 특집 도록에 "뭉크는 아마도 여동생을 만나러 수용소에 갈 때마다 정신병자들이 지르는 고통의 절규와 도살장에서 나는 짐승들이 죽어 가는 소리를 함께 들어야 했을 것이다."라고 썼다. 뭉크가 어린 시절부터 겪고 들어야 했던 고통의 소리가 그림 속에 응축돼 있고 그 고통이 현대인의 보편적인 정서를 건드리고 있다.

뭉크는 예술에 대해 "나는 자신의 심장을 열고자 하는 열망에서 태어나지 않은 예술은 믿지 않는다. 모든 미술과 문학, 음악은 심장의 피로 만들어져야 한다. 예술은 인간의 심혈이다."라고 이야기한다.

뭉크의 「절규」는 아마도 뭉크 자신의 심장을 열어서 그린 그림일 것이다. 솟구치는 심장의 뜨거운 피로 절규하지 않을 수 없었던 순간을 그려낸 것. 노을처럼 보이는 붉은 것들은 심장의 꿈틀거림이고 두 손으로 귀를 막고 비명을 지르는 듯한 포즈는 뭉크 자신의 내면을 표현한 것이리라. 절규하지 않으면 터져 버릴 듯 부푼 심장의 외침이 들리는 것만 같다.

극도로 산후 우울증에 시달렸던 때가 있었다. 자연 분만이 어려운 위급 상황에서 급하게 결정된 제왕절개 수술. 태명이 '하늘'이어서였을까. 하늘을 보고 있는 아이를 살리기 위해 수술실은 분주해졌다.

정오에 출산 예정이라 남편은 대학병원 앞 꽃집에서 '람바다'라는 이름의 주황과 다홍이 뒤섞인 강렬한 빛깔의 장미 한 다발을 사 왔다. 하지만 여전히 진통 중이었고 아이는 나올 기미가 없었다. 저녁 무렵이 되어서야 산모도 아이도 위험하다는 결론이 내려졌고 다급하게 수술이 진행되었다. 한바탕 깊은 잠을 자고 일어나니 내 몸의 일부였던 아이가 세상 밖으로 나와 있었다. 람바다 같은 격정 끝에 태어난 아이였다. 병실의 람바다 한 다발이 비로소 눈에 들어왔다.

예민함이란 감각에 있어 남들보다 탁월한 촉수를 지니고 있어서일까 남들은 쉽게 지나치는 일을 쉽게 지나치지 못하였다. 예민함은 생활에 유용하기도 하였지만 독이 되는 경우도 적지 않았다. 결국 산후 우울증이 왔다. 허약한 몸에 예민한 신경, 잠을 제대로 이루지 못하는 날들이 이어졌다.

꿈속에서 검은 버버리코트를 입고 이름 모를 도시의 골목을 걷고 있었다. 불어오는 거센 바람에 검은 코트 자락이 휘날렸다. 정체를 알 수 없는 두 사람이 따라오고 있었다. 어떨 때는 마주 오고 있기도 하였다. 검은 옷을 입은 두 사람. 남자인지 여자인지, 늙었는지 젊었는지 알 수 없는 두 사람과 검은 버버리코트 차림의 내가 거의 마주치려는 순간, 혹은 그들이 바로 내 뒤까지 쫓아오는 순간 비명을 지르며 꿈에서 깨어나곤 했다. 늘 비슷비슷한 꿈이었다. 깨어보면 아기는 세상모르고 잠들어 있었다.

무엇이 나를 그토록 가위눌리게 하는 것일까. 출산이란 환희와 기쁨의 상징이었지만 꼭 그런 것만은 아니었다. 극도의 불안감에 시달렸고 까닭 없이 슬펐다. 어떤 날은 방문을 걸어 잠그고 방구석에 쭈그리고 앉아 멍하게 있기도 하였다. 마디 굵은 장맛비가 쏟아지는 날 막연히 올려다본 아파트의 불빛들. 그 불빛 중 하나인 나의 집이 아무 상관 없는 집처럼 느껴진 적도 있었다. 얼굴로 흘러내리는 빗줄기를 느끼며 왜 그리도 마음이 스산하였을까. 그때 누군가가 손에 붓과 물감을 쥐여주었다면 뭉크의 「절규」와 같은 그림을 그렸을지 모른다. 검은 버버리코트를 입은 긴 머리 여인이 회색 빌딩 숲 사이, 두 손으로 귀를 감싸고 비명을 지르며 서 있다. 멀리서 검은 옷차림의 두 사람이 다가오고 있고 회색 도시에 타는듯한 노을이 람바다처럼 펼쳐지고 있다.

세월이 꽤 많이 흘렀다. 절규의 시간을 관통하였다. 조금은 단단해졌다고 생각하지만 그래도 앞으로 전개될 삶을 알 수 없다. 남아있는 생은 어느 정도일지, 언제 또 마음을 걷잡을 수 없게 될지, 절규하고 싶은 날이 언제일지….

인간의 마음은 일곱 번째 방향

인간이라는 존재는 여인숙과 같다.
매일 아침 새로운 손님이 도착한다.
기쁨, 절망, 슬픔,
그리고 약간의 순간적 깨달음 등이
예기치 않은 방문객처럼 찾아온다.

— 잘랄루딘 루미 「여인숙」 부분

라코타족 전설에 나오는 이야기다.

세상을 만든 후 와칸탕카(위대한 정령)는 일곱 가지 방향을 정하고자 했다. 먼저, 동·서·남·북 그리고 위, 아래의 여섯 가지 방향을 정한 후, 한 가지 방향을 남겨두고 있었다. 이 일곱 번째 방향은 단순한 위치가 아닌 커다란 지혜와 힘을 가리키는 중요한 방향이었기 때문에 인간들이 쉽게 찾을 수 없는 곳으로 방향을 정하고 싶었다. 오랜 고민 끝에 와칸탕카는 인간들이 가장 찾기 어려운 장소에 마지막 일곱 번째 방향을 숨겼다. 그것은 바로 인간들의 마음속이었다.

사람의 마음을 읽는 일은 어렵다. 마음은 어디에 있는 것일까. 마음의 사전적 정의는 "감정이나 생각, 기억 따위가 깃들이거나 생겨나는 곳"이라 한다. 와칸탕카의 표현대로 마음은 인간들이 가장 찾기 어려운 가장 깊숙한 제7의 장소가 분명하다. 중심도 하나의 방향이라 한다면 마음이 지향하는 방향은 중심이 아닐까.

마음은 무언가가 깃들거나 무언가가 생겨나는 곳, 무언가가 소멸하는 곳이다. 마음이 무언가를 받아들이거나 거부하는 방식은 뇌의 방식과는 다를 것이다. 마음의 언어와 뇌의 언어는 일치하지 않을 때가 많다. 뇌는 받아들일 수 없는 일을 마음은 받아들인다. 마음이 하는 일은 이성과 논리로는 설명되지 않는다. 마음은 살아 움직이는 유기체와 같아서 끊임없이 나를 다독이다가도 한순간에 뒤흔들어 사방으로

당신 마음의 손잡이를 두드리고 싶었던 때
나는 충분히 설레며 세상의 현관 앞에 서 있었다.

흩어버리기도 한다.

마음안의 마음을 찾는 행위는 어릴 적 빈 상자 놀이처럼 여겨진다. 상자 안의 상자 놀이, 하나하나 상자를 열어갈 때의 설렘과 쾌감이 사실은 상자 놀이의 핵심이다. 잔뜩 기대를 품고 마지막 상자를 열었을 때 아무것도 없음을 확인하게 되지만 상자를 열어가는 동안 충분히 행복하였기에 마지막의 허무는 용서할 수 있다.

상자 안의 상자 놀이처럼 마음안의 마음을 찾아가는 과정도 설렘이어야 한다. 마음안의 수많은 마음 중 어떤 마음을 선택하느냐는 중요하다. 울부짖는 마음, 방향을 상실한 마음, 지친 마음, 슬픔이 밀려오는 마음, 흔들리는 마음, 알 수 없는 수많은 마음들을….

우리는 흔히 '마음을 잃어버렸다.' '마음 둘 곳이 없다.'는 표현을 쓴다. 처음의 마음을 잃어버렸거나 어떤 사람에 대한 마음을 잃어버렸거나 어떤 형태로든 마음을 잃어버린 날은 막다른 길에 이른 것처럼 여겨진다. 잃어버린 마음들을 찾아내어 본래 있어야 할 곳에 놓아두는 일, 마음의 언어를 해독하는 일, 마음의 마음을 알아차리는 일, 마음을 누군가에게 전달하는 일 또한 어렵다. 동서남북 4방위와 위와 아래, 그리고 마음이라는 7번째 장소, 제7의 장소를 향해 간다. 조용히 마음의 문을 두드린다. 오늘은 어떤 표정의 마음이 나를 맞이할까?

잘랄루딘 루미는 그의 시 「여인숙」에서 인간의 존재는 여인숙과 같아서 예기치 않은 손님이 찾아올 때 그 모두를 환영하고 맞아들이라 한다. 설령 슬픔이 집을 난폭하게 쓸어가버리더라도 각각의 손님으로 존중하라고. 어두운 생각, 부끄러움, 후회가 문을 두드리더라도 웃으며 맞이하고 집안으로 초대하라고 이야기한다. 마음의 문을 두드리는 숱한 방문객들을 거절하지 말고 기꺼이 받아들여야 하는 이유는 방문객들이 저 멀리서 누군가가 보낸 생의 안내자들일지도 모르기 때문이다.

마음 놀이

중국의 내과 의사이자 심리상담사인 비수민은 심리 놀이의 방법으로 손바닥 놀이를 제안한다. 오른손을 종이에 대고 윤곽선을 그려 오린 다음 다른 사람들이 그린 손 모양과 섞어 놓고 자신의 손 모양을 찾아내는 것이다. 자신의 손 모양을 단번에 찾아낼 수 있을까? 평소 손을 자세히 관찰하지 않았다면 찾아내는 일이 쉽지 않을 것이다. 가느다란 곳, 구부러진 곳 가늘고 긴 손가락과 나무의 옹이처럼 울퉁불퉁한 손가락….

아무렇지 않게 자판을 두드리던 손가락을 자세히 들여다본다. 나이테처럼 손에도 세월이 만들어낸 주름들이 가득하다. 손에 생긴 주름은 이마의 주름처럼 손의 표정이 만들어낸 것들이다. 손의 표정에 관심을 기울여본 적이 없는 듯하다. 행동으로 옮기기 전까지는 형체 없는 머릿속 생각들이 손을 통해 비로소 형체를 갖는다. 손은 나의 모든 것을 알고 있다. 손은 '나'라는 존재를 형상화한다.

늘 바라보는 자신의 손을 윤곽 그림에서조차 찾아내지 못한다. 손이 그러하다면 우리 안의 마음은 어떻게 찾아낼 수 있을까? 마음을 흰 종이 위에 그려두고 수많은 이들의 마음과 섞어 놓은 뒤 자신의 마음 찾기 놀이를 한다면 마음을 찾아낼 수 있을까?

마음이란 늘 변화무쌍한 것이어서 스폰지처럼 한없이 너

그럽고 유연한 것이다가도 콘크리트처럼 견고하고 완고한 것이었다가 깨진 유리 조각처럼 날카로운 것이었다가 비단처럼 보드라운 것이 되기도 한다. 용암처럼 뜨거웠다가 빙하처럼 차가웠다가 꿈틀거리다가 경직되어 있다가 어느 순간 흐느적거리다가 흩어져버리기도 한다. 인간을 '호모 비아토르'(Homo Viator)라 부르는데 떠도는 사람, 길 위의 사람이라는 뜻이다. 인간은 자신의 마음을 알지 못하고 마음 안에서 길을 잃고 떠도는 사람이다. 그러하기에 자신의 마음을 흰 종이 위에 투사시켜 그려 내는 일은 애초에 불가능한지도 모른다.

손 윤곽을 그리다가 자신의 손에 비로소 관심을 두는 것처럼 마음의 윤곽을 더듬다가 마음의 표정을 읽게 되는 것처럼 수많은 마음을 뒤섞어 놓아도 자신의 마음을 금세 찾아낼 수 있을 때까지 마음 놀이를 계속해야 한다. 마음이란 늘 알 수 없지만….

추락하는 것은 날개가 있다

너무 높게도, 낮게도 날지 말아라

꿈을 죽이는 건 우리 자신을 죽이는 것이다. 우리 영혼을 절단하는 것이다. 꿈이야말로 진정한 우리의 것, 망가뜨릴 수 없고 변형시킬 수 없는 우리의 것이다.

— 페르난두 페소아 『불안의 책』

그리스 신화에 나오는 이카루스는 한번 들어가면 나올 수 없는 미궁을 만든 다이달로스의 아들이다. 미노아 문명의 왕 미노스는 괴물을 가두기 위해 다이달로스에게 미궁을 만들게 했다. 그런데 괴물을 달래기 위해 먹이로 던져 준 아테네 왕자 테세우스가 괴물을 죽이고 탈출하자 화가 난 미노스 왕은 다이달로스와 그의 아들 이카루스를 미궁 속에 가두어 버렸는데 탈출하는 방법은 오로지 하늘로 날아가는 것뿐이었다.

다이달로스는 새의 깃털을 밀랍으로 이어 붙여 만든 커다란 날개를 이카루스에게 달아주며

> 너무 높게 날면 태양 빛에 밀랍이 녹아내려 추락하고, 너무 낮게 날면 바닷물에 날개가 젖어 날지 못한다. 그러니 너무 높게도, 낮게도 날지 말아라.

하지만 이카루스는 점점 더 높게 날아갔고, 태양 빛에 날개가 녹아 끝내 추락하고 말았다.

앙리 마티스는 콜라주 작업을 통해 사용하는 색의 수를 줄이고 형태를 단순화함으로써 전통 회화보다 더 강렬하고 인상적인 작품을 많이 남겼다. 「이카루스」, 「이카루스의 추락」이라는 작품을 컷아웃 시리즈로 제작하였다.

"열정적인 심장을 가진 이카루스가 하늘에서 추락하다."

강렬한 푸른 바탕에 노란 별처럼 보이는 깃털이 흩날린다.

앙리 마티스 **이카루스**(Icarus)
콜라주, 43.4×34.1㎝, 1946년

이카루스의 추락 (The Fall of Icarus)

검은 몸안에 빨간 심장을 가진 이카루스는 하늘로 비상하는 몸짓을 하고 있다. 몸짓은 느리지만 즐거운 유희처럼 보인다. 추락하는 이카루스의 두드러진 특징은 가슴에 일고 있는 새빨간 불꽃과 검은 띠다. 검은 띠는 추락하는 이카루스의 속도감을 보여준다. 검은 통로로 빨려드는 듯한 이카루스. 추락하는 순간에도 심장의 불꽃은 뜨겁게 타오르지만 날개는 부질없이 하늘로 흩어지고 추락의 몸짓은 무기력해 보인다.

날개를 얻은 이카루스가 너무 높게도 너무 낮게도 날지 말라는 다이달로스의 말을 어기고 태양 가까이 날아보고 싶은 욕망을 품은 것은 어쩌면 당연하지 않을까. 뜨거운 심장을 지닌 이카루스는 태양을 향해 날아올랐다. 밀랍이 녹아내렸지만 그래도 행복하였을 것만 같다. 밀랍이 녹아내릴까, 바닷물에 날개가 젖을까 두려워하는 사이 나도 모르게 생의 시간이 흘러갔다. 비상을 갈망하면서도 제대로 날아보지도 못한 채, 날개가 있었다는 사실조차 망각한 채로 살아온 날들이다. '내게도 날개가 있었구나.' 하릴없이 중얼거려 본다.

어떤 무력감이 밀려올 때마다 별과 함께 춤을 추는 「이카루스」를 바라본다. 날개를 잃더라도 날아보았으니 그것으로 충분하지 않은가. '너무 높게도'와 '너무 낮게도'라는 말의 감옥에 갇힌 무기력보다 추락하는 몸짓이 훨씬 더 아름답다는 사실을 매번 확인한다.

앙리 마티스의 「이카루스」가 주는 강렬한 느낌과는 달리 마르크 샤갈의 「이카루스의 추락」은 동화적이고 몽환적인 느낌을 준다.

왼쪽에 거대한 태양이 있고 날개 달린 이카루스가 아래로 빙빙 돌며 떨어지고 있다. 하늘과 땅의 이분법적 구도 속 추락하는 이카루스를 바라보는 사람들에게 눈길이 간다. 하늘로부터 떨어지는 것에 대한 공포와 두려움이 아니라 환호하는 것처럼 보이는 몸짓, 하늘을 향해 두 팔을 벌린 이, 한쪽

마르크 샤갈 **이카루스의 추락** (The fall of Icarus) 1975년

무릎을 꿇고 경배하듯 앉아있는 이, 아기를 안고 있는 여인, 창문으로 고개를 내밀고 있는 수많은 이들, 임산부처럼 보이는 지붕 위의 벌거벗은 여인까지, 몽환적인 샤갈의 그림엔 여러 장치가 있지만 지붕 위 여인은 어떤 상징성을 갖는 것일까?

초록과 황톳빛이 어우러진 땅 위의 세상으로 이카루스가 추락한다. 이카루스는 추락을 원하지 않았지만 균형 잃은 몸은 이미 아래를 향하고 있다. "너무 높게도, 너무 낮게도 날지 말아라."는 우리가 흔히 삶에서 하는 말이다. 안정 지향적인 삶을 위해서는 너무 높거나 너무 낮은 것은 불안하다. 하지만 단 한 번도 비상을 꿈꾸지 않은 것이 오히려 더 불행한 것이 아닐까. 너무 높이 비상하여 설령 가파르게 추락한다고 하더라도 비상의 기쁨을 누려보았으니 후회는 없을 듯하다.

중요한 것은 추락하는 것에도 날개가 있다는 사실이다. 날개는 추락을 가속시킨다는 의미이기도 하지만 한편으로는 희망의 의미로도 읽힌다. 추락하는 것에도 날개가 있으니 그래도 날아볼 꿈을 다시 꿀 수 있지 않은가. 누가 아는가. 추락의 끝에서 다시 비상의 기회를 얻게 될지도… 그리 생각하면 이카루스의 추락은 추락이 아닌 것이다.

아버지의 타자 소리는 생의 걸음 소리

그의 슬픔의 그늘이었을까.
때때로 발목을 적시며 걸음을 무겁게 하던
그것은 그의 눈물이었을까
그럴 때마다 모든 숲이
파르르 떨며 흐느끼던 그것은
무너지는 오열이었을까

— 오인태 「등 뒤의 사랑」 부분

유년은 늘 아버지의 타자 소리가 각인되어 떠오른다. 타자 소리는 유년으로 들어가는 신호 같은 것이었다. 탁탁 타다닥 드르륵, 반투명의 얇은 타자 용지를 걸고 다시 자판을 두드리는 소리. 이른 새벽 아버지의 타자 소리는 하루를 시작하는 알람 같은 것이었다.

서재가 따로 없던 시절 커다란 병풍은 공간 활용을 위한 최적의 도구였다. 제사용으로 쓰던 커다란 병풍을 방을 절반으로 가르는 용도로 사용하기 시작한 것은 아버지가 영어 과외를 시작하면서부터였다. 대학별 본고사가 있던 시대, 검은 교복을 입은 까까머리 고등학생들이 이른 새벽 영어 과외를 하러 집으로 모였다.

병풍 하나를 사이에 두고 이국의 언어를 들으며 자랐다. 언젠가는 아버지에게서 저 나라 말을 배우겠구나. 이국 언어와 타자 소리 사이에서 가무룩히 눈을 감았다 뜨곤 하였다. 타자 소리는 경쾌하게 울렸다. 타닥타닥 타다닥. 반투명의 얇은 타자 용지를 걸고 드르륵. 장맛비 내리는 날, 홈통에서 흘러나오는 물소리와 타탁 타다닥 드르륵 타자기 소리는 묘한 화음을 이루곤 했다. 눈 내리는 밤, 하얀 눈 위로 발자국이 찍히듯 자판을 누르면 연결된 금속판이 맹렬하게 튀어나와 하얀 종이 위에 검은 글자를 찍었다.

건강이 좋지 않았던 아버지는 서울의 대학병원에 정기적으로 치료를 받으러 다니셨기에 경쾌한 타자 소리를 들을 수 있다는 것은 건강이 그럭저럭 유지되고 있다는 신호이기도 했다. 건강 악화로 대학병원에 입원하시던 날, 흰 줄무늬 환자복과 아버지의 검은 얼굴이 유난히 대조되어 보였다. 링거액과 알부민 주사액이 방울방울 몸안으로 들어가고 있었다. 문득 아버지의 타자 소리를 떠올렸다. s를 누르면 정확히 s가 찍히는 영자 타자기. 아버지의 손가락이 두드린 대로 글자들은 정직하게 찍혔다. s자판을 두드리면 s가 정확히 찍히던 것과 달리 아버지의 생은 그러하지 못하였다. 형님과의 이별, 교수 임용 탈락, 할아버지를 찾기 위해 전국을 헤매었던 날들, 서른 즈음 시작된 질병과 질긴 동거. 어느 순간 아버지 삶에는 잘못 누른 글자들이 가득했다. 아버지는 생의 자판을 정직하게 두드렸지만 출력된 생에는 오탈자가 많았다. 그 어떤 것도 그의 뜻이 아니었으며 아버지가 살던 시대의 상흔이기도 했다.

이른 새벽 아버지는 무슨 생각으로 그토록 맹렬하게 생의 자판을 두드렸던 것일까? 아버지가 듣고 싶었던 생의 소리는 무엇이었을까? 동트기 전 새벽의 여명 속에서 들리던 타자 소리는 숲에서 들려오는 북소리 같았다. 저마다의 귀에만 들리는 개별화된 북소리. 자판 위를 달리던 손가락은 타악기를 연주하는 것처럼 보였다. 하얀 종이 위에 날렵한 글자 쇠가 튀어나와 아버지 생의 악보를 그렸다. 타자 소리는 가끔 절박하게도 들렸고 단조롭게도 들렸고 때로는 힘이 들어간 것처럼 여겨지기도 했다. 아버지 자신의 생을 위한 거룩한 연주였다.

얼굴빛이 검어질수록 의료 장비가 하나씩 늘어났다. 흔들어 깨워도 모를 만큼 깊은 잠에 빠진 아버지는 무의식 상태에서 다른 이의 눈에는 보이지 않고 다른 이의 귀에는 들리지 않는 것들에 대해 이야기했다. 이불 한가운데 구멍이 뚫려있다고도 했다. 이불 한가운데서 무슨 구멍을 보신 것일까. 내 눈에는 보이지 않는 생의 구멍을, 어딘가에서 개 짖는 소리가 자꾸 들려온다는 것도 아버지에게만 들려오는 환청이었을까?

겨울의 끝, 봄의 시작이었다. 노란 프리지어의 계절에 햇살은 봄을 품고 바람은 아직 겨울을 품고 있었다. 이미 정해진 운명의 마지막 여정이 바득바득 다가오고 있었다. 암막을 친 듯 밀폐된 어둠 속에서 스물이라는 젊음이 서러워 울었다. 방바닥에선 따뜻한 온기가 느껴지고 창밖엔 막바지 겨울바람이 거세게 불고 있는 어정쩡한 점이 지대에서 할 수 있는 일은 오직 베토벤의 「운명」 교향곡을 듣는 것뿐이었다.

앰뷸런스는 아버지를 태우고 집을 향해 달렸다. 몸에 꽂힌 주삿바늘이 흔들리면서 피가 역류하여 흘렀다. 아버지는 유언 하나 남기지 못하고 세상을 떠나셨다. 주인 잃은 타자기 위로 먼지가 쌓여갔다. 그 어떤 소리도 내지 못하는 타자기는 생명을 상실한 타악기 같았다. 아버지는 당신 생의 악보를 완성하기 위해 어둠이 채 걷히지도 않은 이른 새벽부터 그리도 분주하셨던 것일까. 그가 그리다 만 악보는 미완성일까. 이미 완성된 것이었을까?

타자기를 사용하던 시대는 지났다. 국문 타자기도 아닌 영문 타자기는 더욱 사용할 기회가 없었다. 어쩌다 가끔 손가락으로 타자기 자판을 두드리면 어김없이 금속판이 튀어 올라와 종이 위에 정직한 자국을 남겼다. 그토록 빠르고 맹렬한 반응이 좋으면서도 두려웠다. 자판을 두드리면 바로 튀어나오는 글자판처럼 내 삶도 그러하기를 바랐지만 늘 아버지의 부재로 인한 결핍에 시달렸다. 늦은 밤 잠들지 못하고 캄캄한 방 한구석에 앉아있으면 소리들이 으르렁거렸다. 어둠이 몰고 오는 소리들은 운명이 문을 두드리는 소리처럼 들려왔다. 삶의 지판을 누를 용기조차 없어서 어쩌면 기회였을지도 모를 젊음의 시간을 손가락 사이로 흘려보내고 말았다. 무의미한 자기 합리화의 시간은 현실로부터 도망치기 위한 비겁한 명분이었다.

오랜 시간이 흐른 지금에야 아버지 눈에만 보였던 구멍과 아버지 귀에만 들렸던 개 짖는 소리를 이해할 것만 같다. 구멍 뚫린 삶, 결여가 만들어낸 구멍, 누구에게나 삶은 구멍처럼 여겨진다. 아득하고 두려운 것, 빠져들 것만 같은 공포에 몸부림치다 소스라쳐 일어나는 악몽처럼. 아버지는 삶의 구멍을 환자용 이불 한가운데서 찾아내신 것이었다.

20대 초입 내 삶에 뚫린 구멍 하나. 그것은 '그리움'이라 불리는 구멍이었고 평생 메워지지 않는 구멍이었다. 아버지가 이불 한가운데서 찾아낸 구멍도 어쩌면 그리움이었을 것이라 막연히 생각한다. 아버지의 귀에만 환청처럼 들려오는 소리들은 아마도 고향의 소리였을 것이다. 유년의 익숙했던 모든 소리들이 마당 넓은 집 누렁이 소리로 소환되어 들리는….

안경을 끼고 반투명 타자 용지를 갈아 끼우며 리듬감 있게 생의 자판을 두드리던 아버지 모습이 눈에 선하다. 병풍 뒤에서 듣던 타자 소리는 아버지의 운명 교향곡 같은 것이었다. 세월은 무심히 흐르고 나도 아버지만큼의 나이가 되었다. 이른 새벽 컴퓨터 앞에 앉아 부지런히 자판을 두드린다. 자판을 두드릴 때마다 생의 발걸음 소리가 들려온다. 자판을 두드리는 손가락들도 신명난다. 오랜 시간이 흐르면 이른 새벽 자판을 두드리던 나를, 나의 소리를 어느 누가 기억해줄까. 소리로 소환되는 기억을 뒤에 남겨진 누군가는 헤아려줄 것이다. 저 멀리 숲속에서 저마다의 북소리 들려오고 어디선가 개 짖는 소리가 들려온다. 자판 위에서 아버지를 소환하고 지금은 부를 수도 없는 이름을 적고 있다.

무엇으로부터의 추방인가

어떠한 물도 인정하지 않는 동시에

어떠한 물도 인정하는 것입니다.

내게 있어 세상은 상식에 대한 도전이다.

— 르네 마그리트

르네 마그리트의 그림은 우리에게 해석을 필요로 한다. 의외의 사물을 의외의 장소에 배치하는 것을 초현실주의에서 '데페이즈망'이라 부른다. 원뜻은 '추방하는 것'인데 특정 대상을 상식의 맥락에서 떼어내 이질적 상황에 배치함으로써 보는 이들을 어리둥절하게 만든다. 추방하는 것은 무엇으로부터의 추방인가? 익숙한 것들을 익숙하지 않은 곳에 배치하는 르네 마그리트의 작품은 그림이라기보다는 일종의 문자처럼 다가온다. 르네 마그리트는 대상의 고립, 수정, 혼합, 위치나 본질의 변화, 두 사물의 우연한 만남, 시각적 형태로서의 이중 이미지, 역설 등의 방법을 활용하여 다양한 형태의 데페이즈망을 시도하였다.

그의 유명한 그림 중 하나인 「골콩드」는 하늘에서 검은 중절모를 쓴 남자가 비처럼 내리는 장면을 묘사하고 있다. 골콩드는 다이아몬드 광산이 있는 인도의 옛 도시로 쇠락했지만 여전히 부의 상징으로 여겨지는 곳이다. 중절모와 검은 롱코트가 당시에는 보편적인 패션이라 한다. 비슷비슷한 남자들이 크거나 작게, 혹은 진하거나 연하게 하늘을 가득 메우고 있다. 정면을 응시하거나 측면을 바라보고 있는 중절모를 쓴 익명의 남자들이 겨울비가 되어 쏟아지고 있다.

르네 마그리트의 「헤겔의 휴일」은 커다란 검은 우산 위 우산 꼭지 대신 물이 담긴 투명 유리컵이 있는 그림이다.

「헤겔의 휴일」에 대해 르네 마그리트는 다음과 같이 적고 있다.

르네 마그리트 **헤겔의 휴일**(Hegel's Holiday) 1958년

나는 컵 위에 줄을 그어 물컵을 여러 개 드로잉함으로써 시작하였습니다. 100번째 혹은 105번째 드로잉 후에 이 선이 확장되면서 결국은 우산의 형태가 되었습니다. 그러고 나서 우산은 컵 안에 담겼다가 결국 컵 아래로 가게 되었습니다. 첫 번째 의문, 어떻게 물컵을 천재적으로 그릴 것인가에 대한 정확한 해답이었습니다. 그러자 나는 헤겔이 두 개의 대비되는 기능을 지닌 이 오브제에 대하여 매우 예민하게 반응하였을 것이라고 생각하였습니다. 두 가지 기능이란 어떠한 물도 인정하지 않는(물을 거부하는) 동시에 물을 인정하기도(물을 담는)하는 것입니다. 내 생각에 헤겔이 휴가를 맞은 것처럼 매우 기뻐하거나 즐거워하였을 것 같아서 이 작품을「헤겔의 휴일」이라고 명명하였습니다.

어떠한 물도 인정하지 않는 동시에 어떠한 물도 인정하는 것. 물컵은 물을 담는 용도, 커다란 검은 우산은 비를 피할 때 쓰는 용도, 두 개의 오브제는 모두 물과 관련이 있다. 우산은 물(비)이 스며들지 못하게 차단함과 동시에 물(비)이 우산을 타고 흘러내리는 것은 허용한다. 물을 차단하면서 허용하는 우산. 물컵은 물의 움직임을 제한하고 물에 고정된 형태를 부여함으로써 물의 존재를 부각시켜 주고 있다.

투명 유리컵은 우산의 가장 높은 곳, 우산 꼭지를 대체하는 것처럼 보인다. 컵 안에 물(비)이 가두어져 있어서 비를 피하는 용도로서의 우산은 당분간 쓸모가 없다. 헤겔의 휴일은 맑은 날일 것이다. 우산을 접으면 투명 유리컵 안의 물이 쏟아질 지도 모르지만 그 어떤 경우든 헤겔에게는 즐거운 유희가 아닐까. 물을 가둔 컵을 이고 있는 검은 우산. 물컵과 우산은 헤겔에게 휴일을 허하고 있는 것일까 아니면 철학적 사유를 위해 휴일마저도 추방하고 있는 것일까?

르네 마그리트는 예술을 통해 어떤 오브제들(正과 反)의 낯선 결합을 통해 현실에서 새로운 합合을 모색하려 했다. 익숙한 곳으로부터의 추방과 낯선 곳에서의 정착은 예술세계에만 국한된 것은 아니다. 우리들의 삶은 익숙한 것들의 반복처럼 보이지만 실은 익숙한 것들로부터의 추방이었는지 모른다. 인정하지 않는 동시에 인정해야 하는 모순들이 삶의 진전을 이끌어 왔는지도….

인정해야 했지만 인정하고 싶지 않았던 일들과 인정하고 싶었지만 인정해서는 안 되는 일들 사이에서 늘 흔들렸다. 익숙한 곳으로부터 자신을 추방하지 않고서는 어떤 전진도, 변화도 가져올 수 없다는 사실을 너무도 잘 알고 있었지만 껍질을 벗어던지는 일은 쉽지 않았다. 낯섦을 받아들이는 일, 물컵이 있는 우산을 접어버리는 일, 온몸으로 비를 맞는 일 그리하여 어떠한 나도 인정하지 않는 동시에 어떠한 나도 인정하는 일.

슬픔의 금욕주의

내 심장은 너무 작아서

거의 보이지도 않습니다

그런데 어떻게 당신은 그 작은 심장 안에

이토록 큰 슬픔을 넣을 수 있습니까?

— 잘랄루딘 루미 「내 심장은 너무 작아서」 부분

1882년 고흐는 후르닉이라는 거리의 여인과 사랑에 빠진다. 그녀를 시엔이라 부르고 서로의 상처를 보듬으며 한 집에 살게 된다. 그녀의 딸과 이미 그녀의 배 속에 들어앉은 아기. 빵 한 조각 살 수 없을 정도로 가난한 고흐에게 단란한 가정이란 불가능한 단어다. 웅크린 여인. 바짝 마른 몸, 그녀의 배만 생명으로 부풀어 있다. 두 팔 사이 고개를 묻고 있는 그녀에게 슬픔이 내려앉아 있다. 가난에 삶을 저당 잡힌 시엔은 오직 살기 위해서 매춘을 하고 원치 않은 임신과 유산을 반복한다. 배 속에서 생명이 자랄수록 시엔의 슬픔은 깊어만 간다.

고흐가 동생 테오에게 보낸 편지에는

> 지난겨울 길을 잃고 헤매고 있는 임신한 여자를 알게 되었지. 하루치 모델료를 다 주지는 못했지만 집세를 내주고 내 빵을 나누어줌으로써 그녀와 그녀의 아이를 배고픔과 추위에서 구할 수 있었지. 그녀도, 나도 불행한 사람이지. 함께 지내면서 서로의 짐을 나눠서 지고 있어. 그게 바로 불행을 행복으로 바꾸어 주고, 참을 수 없는 것을 참을 만하게 해주는 힘 아니겠니? 그녀의 이름은 시엔(Sien)이다.

모델료가 없어 모델을 구할 수도 없던 무명 화가 고흐와 임신한 매춘부 시엔, 그들이 나눌 수 있는 것은 빵과 체온뿐이었지만 고흐의 생애에서 가장 평화로운 시간이었다고 한다.

얼굴을 가린 시엔의 누드화, 작품 제목을 알지 못해도 누구든 슬픔의 감정을 느끼게 한다. 어떤 바람도 희망도 없는 상태에서 벌거벗은 그녀가 할 수 있는 일은 세상을 마주보지 않기 위해 얼굴을 두 팔 사이에 묻어버리는 일이다. 시엔의 눈물은 보이지 않으나 우리는 이미 그녀의 눈물을 보고 있고 그녀의 흐느낌을 듣고 있다.

헤로도토스의 『역사』에 슬픔과 관련된 일화가 있다.

기원전 522년 페르시아 왕 캄비세스 2세가 이집트를 정복했을 때, 이집트 왕 프삼메니토스를 치욕스럽게 만들 작정으로 가족과 친지가 지나가는 모습을 지켜보게 했다. 그런데 이집트 왕은 딸이 노예가 되어 물을 길러 가고 아들이 사형장으로 끌려가는 것을 보고도 슬퍼하지 않더니 자신의 신하가 거지가 되어 병사들에게 동냥하는 모습을 보고는 대성통곡을 하기 시작했다고 한다.

얼핏 보면 이해되지 않는 슬픔이다. 해석이 분분하지만 거지로 전락한 신하의 불행은 울음으로 대신할 수 있지만 자식들의 불행은 울음으로 대신할 수 없었기 때문이 아닐까, 울음으로조차 표현할 수 없는 슬픔. 더 이상 슬퍼할 수조차 없는 슬픔 앞에서 슬픔은 몽테뉴의 말처럼 금욕이 되는 것인지도 모른다. 슬픔이 밖으로 새어 나오지도 못하게 차가운 이성으

빈센트 반 고흐 **슬픔**(sorrow), 1882년

로 얼려 버리는 것. 슬픔을 향한 금욕주의인지도 모른다.

감당할 정도의 슬픔이 아니면 그 슬픔을 표현할 방법이 없다. 우리가 흔히 슬프다고 표현하는 정도의 슬픔은 어쩌면 감당할 수 있는 슬픔인지 모른다. 슬픔의 폭과 깊이는 사람마다 다르다. 한때 나는 슬픔을 표현하는 것이 힘들었다. 슬픔의 금욕주의에 갇혀버린 것인가. 슬프면 슬프다고 마음이 아프면 아프다고 말하는 것이 자연스러운 일인데 누구에게든 슬픈 마음 한쪽을 드러내고 나면 도리어 불편해졌다. 슬픔에 대한 누군가의 위로가 진심의 위로든 진심을 가장한 위로든 슬픔의 해결에는 도움이 되지 않았다. 오히려 그들과 나 사이 헤아릴 수 없는 거리감만 느껴졌다.

이제는 조금씩 슬픔을 드러내는 법을 공부하고 있다. 살다 보면 당연히 겪는 자잘한 슬픔을 조금씩 드러내는 것이 슬픔에 대한 예의인지 슬픔답게 가두어 두는 것이 예의인지 잘 모르겠다. '슬픔'이란 단어를 발음하다 보면 입안 가득 슬픔이 고인다. 반 고흐의 그림 속 시엔은 세상의 모든 슬픔을 잉태하려는 여인처럼 보인다. 비쩍 마른 몸에 배만 불룩한 시엔, 잉태의 기쁨과 현실의 슬픔이 분리 불가인 상태로 공존한다는 사실만큼 삶은 모순적이다. 세상 사람들 누구나 슬픔을 되새김하며 살아간다. 슬픔을 되새기는 것은 앞으로 다가올 날들은 슬프지 않기를 바라는 다짐이기도 하다.

결

그 순간의 일 초 뒤에는 또 삶이 다시 계속되리라는 것을 느낄 수 있다. 그러나 지금은 삶이 그것을 무한히 초월하는 그 무엇인가에 매인 채 정지하고 있다. 무엇에? 나는 모른다. 그 침묵 속에는 무엇인가가 가득 차 있다. 그 침묵은 소리나 감동의 부재가 아니다.

— 장 그르니에 『섬』

사람은 저마다 결을 지닌다. 살결, 머릿결, 숨결, 마음결…. 어떤 사람을 만날 때 그 사람의 결에 대해 생각하곤 한다. 나무의 결처럼 사람의 결을 읽는 일은 어렵다. 나무를 다루는 사람들에게 나뭇결은 중요하다. 기후, 지형에 따라 나무의 성장 속도 차이로 인해 나이테가 생겨난다. 나이테는 시간의 기록이고 나무가 전하는 이야기다. 나뭇결은 나무를 깎았을 때 매끄럽게 깎이는 순결과 깎을 때 잘 깎이지 않고 거스러미가 생기는 엇결이 있다. 결을 잘 읽어내는 사람만이 아름다운 작품을 만들 수 있다.

'결'의 사전적 의미는 나무, 돌, 살갗, 비단 따위의 조직이 굳고 무른 부분이 모여 일정하게 켜를 지으면서 짜인 바탕의 상태나 무늬를 뜻한다. 결은 한마디로 어떤 사물이나 생명체에 시간이 만들어 낸 주름 같은 것이라 할 수 있겠다.

일본 교토에 있는 '료안지龍安寺'는 모래로 물의 흐름을 표현한 일본 전통 정원 양식인 '가레산스이'를 바탕으로 조성되어 있다. 가레산스이는 일본 헤이안 시대 이후 선종의 영향을 받아 만들어진 정원 양식으로 세상 모든 것은 언젠가는 흙으로 돌아간다는 의미를 담고 있다고 한다. 일반적으로 정원을 조성할 때 빛과 흙과 물을 사용하는데 가레산스이 양식은 물을 사용하지 않고 물이 들어갈 공간에 자갈을 깔고 홈을 그어 물결을 만든다. 바위와 모래, 이끼를 통해서 표현된 정원은 비, 바람에 취약하지만 비와 바람과 눈이 즉흥적으로 만들어낸 무늬(결)야 말로 진정한 가레산스이 양식이 아닐까. 결과 결이 만들어 낸 파동이 모래 위로 번지면 숨죽이며 바라보는 이의 마음에도 명상의 결이 일어나기 시작한다.

종이에도 바람에도 피부에도 고기에도 사람과 사람 사이에도 결 방향을 지켜야만 하는 것들이 있다. 고기를 썰 때도 음식의 식감을 고려하여 결 방향 혹은 결 반대 방향으로 썰지를 고민한다. 눈을 감고 손으로 종이를 만져보면 종이만의 독특한 질감이 느껴진다. 세로 혹은 가로 방향으로 이리저리 더듬다 보면 유난히 매끈한 느낌이 드는 방향이 있고 거친 느낌이 드는 방향도 있다. 초지기에서 종이가 연속적으로 나올 때 기계 진행 방향으로 섬유 결이 형성되는데 종이를 어떻게 커팅 하느냐에 따라 종목이 되거나 횡목이 된다고 한다.

독일어로 종이의 결은 '라우프 리히퉁(Lauf Richtung)'인데 '달려가는 올바른 방향'이라는 뜻이다. 나는 나의 결을 찾아내었을까? 한 그루의 나무에 새겨진 나이테처럼 사람의 몸에도 나이테가 새겨져 있을 것이다. 삶의 결들은 시간이 만들어 낸 흔적이다. 내가 원하는 방향으로의 순결인지, 그렇지 않은 엇결인지 잘 모르겠다. 달려가려는 올바른 방향으로 삶의 결은 나있는 것일까? 어딘가를 향해 달려가지만 올바른 방향이었는지는 달려가 본 뒤에야 알 수 있다.

내 삶의 결은 고른 것 같으면서도 고르지 않았다. 매끈한

면으로만 뻗어나간 적도 있으나 일부러 울퉁불퉁한 곳을 찾아간 것처럼 고르지 않은 결도 많았다. 세상의 결이 나의 결과 늘 일치하지는 않았다. 나의 결에 세상을 맞출 수 없으니 세상의 결에 나를 맞추어야 했다. 번번이 여러 차례, 나다운 것들을 내려놓고 세상의 결을 따랐다. 세상의 결을 따르는 것은 겉으로 보기에는 '달려가는 올바른 방향'을 찾아가는 것처럼 보이지만 그것은 삶에 있어서 최소한 오답은 아닐지라도 정답이 될 수는 없을 것이다.

결을 생각한다. 내 안에서 요동치는 결들을. 수많은 결들이 한꺼번에 움직여 저마다의 옳은 방향을 더듬어 간다. 무엇이 순결이고 또한 무엇이 엇결일 수 있을까. 바라보는 방향, 지향점에 따라 달라진다. 삶에서 순결과 엇결을 따지는 일은 무의미하다. 나무의 결이 마음에 들지 않는다고 그 나무를 포기할 수 없듯 나의 결을 포기할 수 없다. 나의 결이 세상의 결과 엇방향이든 순방향이든 어떤 형태로든 자신의 삶을 만들어가는 것은 중요하다.

불교 용어로 '결'結은 번뇌의 여러 다른 이름 가운데 하나이며 흔히 속박束縛·결박繫縛의 뜻으로 해석된다고 한다. 번뇌로 인해 과오가 발생하는 결을 생각하면 모래에 남기는 비와 바람과 눈의 발자국은 번뇌의 흔적이다.

달려가는 올바른 방향으로서의 '결'이든 불교에서 말하는 번뇌로 인해 과오가 발생하는 '결'이든 '결'은 살아가면서 풀거나 마주쳐야 할 것들, 달려가야 할 것들의 다른 명칭인지도 모른다.

나른한 햇살이 내리쬐는 곳, 모래가 만들어 낸 결을 하염없이 바라보는 사람들. 국적도 피부색도 체형도 다른 사람들이 동시에 같은 곳을 응시하고 있다. 저마다 달려가야 할 올바른 방향을 찾기 위해 일부러 이곳에 온 사람들일 것이다. 사람들의 마음속에도 결이 일어나고 있었다.

에필로그

어디선가 오고 있을 미지의 당신에게

어디선가 오고 있을 미지의 당신에게

나는 읽는다. 이것은 질병과도 같다. 나는 손에 잡히는 대로 눈에 띄는 대로 모든 것을 읽는다. 신문, 교재, 벽보, 길에서 주운 종이 쪼가리, 요리법, 어린이책, 인쇄된 모든 것들을.

무엇보다, 당연하게도, 가장 먼저 할 일은 쓰는 것이다. 그런 다음에는, 쓰는 것을 계속해 나가야 한다. 그것이 누구의 흥미를 끌지 못할 때조차, 그것이 영원토록 그 누구의 흥미도 끌지 못할 것이라는 기분이 들 때조차, 원고가 서랍 안에 쌓이고, 우리가 다른 것들을 쓰다 그 쌓인 원고들을 잊어버리게 될 때조차.

— 아고타 크리스토프 『문맹』 중에서

얼마나 오랫동안 책과 함께 살아왔는지 모릅니다.

어릴 적 아버지의 서재에서 풍기던 책들의 냄새. 후각에 각인된 그 냄새를 좇아 살아왔습니다. 어쩌면 책은 나를 문학의 길로 인도한 시원이었을 것입니다.

가끔 책이야말로 가장 인간적인 사물이 아닌가 하는 생각을 합니다. 어떤 책은 태어남과 동시에 사람들의 인기를 독차지하고 베스트셀러의 영예를 누리고 온갖 찬사를 받지만 어떤 책은 존재조차도 알리지 못한 채 눅눅한 서가 한 구석으로 밀려납니다.

사람의 인생도 마찬가지입니다. 인정받고 주목받기를 바라지만 주목받음이 반드시 그 사람의 삶을 오롯이 증명해주는 것은 아닙니다. 세상 어느 누구의 삶도 비교할 수 없는 가치를 지니듯 세상에 태어난 그 어느 책도 비교할 수 없는 가치를 지닙니다.

지금은 사라지고 없는 프톨레마이오스 왕조시대의 알렉산드리아 대도서관을 상상해 봅니다. 당시 알렉산드리아는 그리스, 이집트, 아라비아, 시리아, 페르시아, 이탈리아 등지에서 온 사람들이 모여 상품과 사상을 교환하던 곳이었다고 합니다. 항구에 배가 정박할 때마다 관리들이 배를 샅샅이 뒤지는 것은 불법 반입 물품을 찾아내기 위해서가 아니라 이국의 책을 한 권이라도 더 찾아 필사하여 도서관에 비치하기 위함이었다는 글을 읽은 후로 시간 여행을 할 수 있다면 알렉산드리아 대도서관에서 이국의 책을 필사하는 무명의 필사가가 되고 싶다는 생각을 해봅니다.

작가의 손에서 태어난 한 권의 책은 어디선가 오고 있을 당신의 관점에 따라 재해석되어 수천 수만 권의 책으로 다시 태어납니다. 책에도 분명 책들의 길이 있다고 믿고 있습니다. 사람의 운명처럼.

이 한 권의 책에는 지난 시간 동안 쉼 없이 읽어왔던 수많은 책들의 흔적과, 쓰지 않으면 사라질 것들을 붙잡던 불면의 밤과, 깊은 한숨과 나를 관통해간 바람과 햇살, 소소한 기쁨들, 쓰디쓴 커피와 고독한 시간, 형체가 보이지 않는 무기력들과 누군가를 위해 흘렸던 눈물들, 혹은 어떤 들뜬 열망과 설렘의 기억이 담겨있습니다.

내 안의 수많은 목소리들을 붙잡아 활자화시키는 작업을 시작한 지 꽤 오랜 시간이 흘렀습니다. 여전히 전하고 싶은 말, 내 안에서 끓어오르는 것들은 많지만 이제는 책에게도 책의 시간이 필요하다는 생각을 합니다.

내 손을 떠난 이 책이 당신의 책꽂이에 정박하여 축제처럼 아름답고 죽음처럼 불가능한 기억들을 오래도록 간직할 수 있었으면 좋겠습니다. 그러하다면 우리는 이미 만나고 있는 것입니다. 내가 당신을 알지 못하더라도 당신이 나를 알지 못하더라도.

이천이십이 번째 여름

당신의 려원

존재의 언어로,
부딪침과 느낌과 직감으로

사람학 개론을 읽는 시간

인쇄 2022년 8월 16일
발행 2022년 8월 19일

지은이 려원
발행인 서정환
펴낸곳 수필과비평사
주소 서울시 종로구 삼일대로 32길 36(익선동 30-6 운현신화타워) 305호
전화 (02) 3675-3885, (063) 275-4000 · 0484
팩스 (02) 3675-2985
이메일 sina321@hanmail.net essay321@hanmail.net
출판등록 제300-2013-133호
인쇄 · 제본 신아출판사

저자와 협의, 인지는 생략합니다.
잘못된 책은 바꿔 드립니다.

ISBN 979-11-5933-412-2 03810

값 16,000원

이 도서는 2020년도 아르코문학창작기금 지원 사업에 선정되어 발간된 작품입니다.